KB157951

아닌 척! 괜찮은 척!

열다섯의 속마음

아닌 척! 괜찮은 척!
열다섯의 속마음

초판 1쇄 발행 2013년 7월 5일
초판 4쇄 발행 2015년 1월 5일

지은이 김현정
펴낸이 이지은
펴낸곳 팜파스
기획 · 편집 박선희
디자인 최설란
마케팅 정우룡
인쇄 (주)미광원색사

출판등록 2002년 12월 30일 제10-2536호
주소 서울 마포구 서교동 404-26 팜파스빌딩 2층
대표전화 02-335-3681 **팩스** 02-335-3743
홈페이지 www.pampasbook.com | blog.naver.com/pampasbook
이메일 pampas@pampasbook.com

값 12,000원
ISBN 978-89-98537-13-5 43800

이 도서의 국립중앙도서관 출판시도서목록(CIP)은 서지정보유통지원시스템 홈페이지(http://seoji.nl.go.kr)와 국가자료공동목록시스템(http://www.nl.go.kr/kolisnet)에서 이용하실 수 있습니다.(CIP제어번호: CIP2013008346)

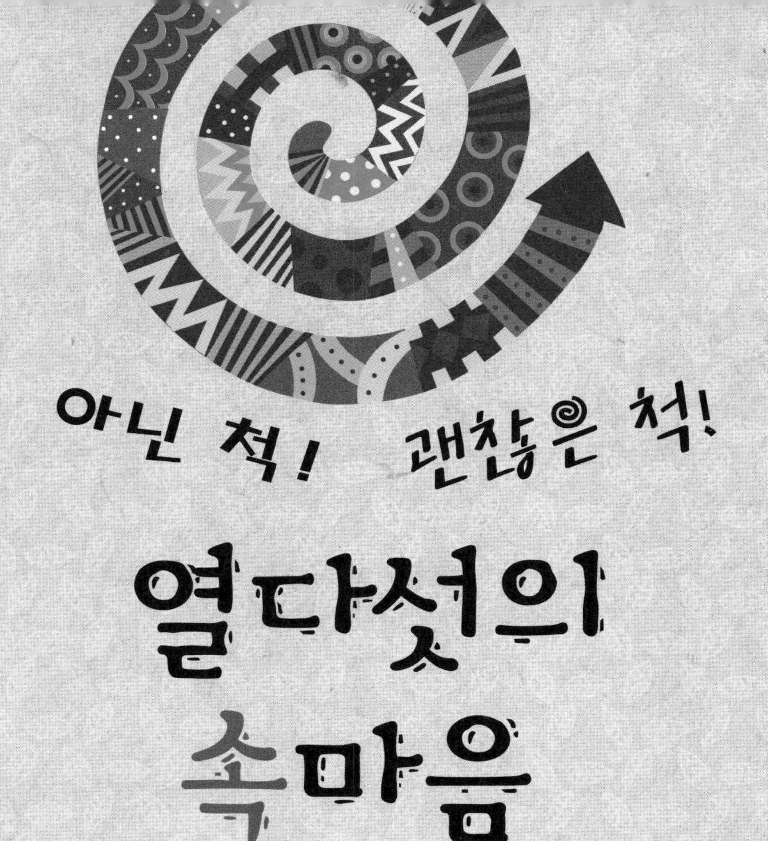

아닌 척! 괜찮은 척!

열다섯의 속마음

김현정 지음

팜파스

들어가는 글

아침마다 정원에 물을 주는 정원사가 있었어.

"노랑이 잘 잤니? 오늘은 이슬을 매우 많이 물었구나."

"초록아, 그렇게 웃으면 너무 예쁘잖아!"

"빨강아, 너는 오늘 기분이 어떠냐. 어제 콜록거리던데."

"주황아, 이렇게 몸을 펴보렴. 그게 가장 멋진 네 얼짱 각도거든."

"보라야! 이 녀석, 장난꾸러기! 또 친구에게 장난치고 있구나?"

정원사는 행복했단다. 정성스럽게 심은 꽃과 풀과 나무들이 조금씩 자라가는 모습을 보아서 좋고, 각기 다른 꽃들이 모여 여러 빛과 색을 만드는 조화로움도 좋았거든. 그는 오늘도 휘파람을 불며 다음 꽃을 만나러 가고 있지. 정원에 넘실대는 꽃향기를 맡으며.

정원사는 알고 있었거든. 어제 아프던 녀석이 오늘아침 기지개를 폈다는 걸. 시름시름하던 녀석이 새로운 활기를 띠고 있다는 걸. 칙칙하고 어둡던 꼬마에게 베시시 웃는 웃음이 생겼다는 걸. 매일이 햇살처럼 빛나지 않아도, 때론 비와 바람이 불어도 꽃은 그렇게 향기롭고 아름답기 위해 노력하고 있다는 걸 말이야.

그러면서도 정원사는 마음 한켠이 늘 아팠어. 거센 바람들이 꽃들을 흔들어서 곧은 가지가 꺾일 때, 구석진 곳에서 스스로 자라는 것을 포기하고 약해 시들어가는 꽃을 볼 때도 있었으니까. 정원사는 간절히 소망했지. 거센 바람이 흔들어도, 부디 잘 견뎌서 본디 가진 모양과 색깔, 향기, 그 모든 것의 하모니를 이룰 수 있게 되기를.

난 그 정원사의 딸이야. 내게 맡겨진 수많은 청소년이란 꽃들이 내 아버지가 바라는 것처럼 각기 제 색깔을 내주었으면 좋겠어. 수년 간 너희들을 만나면서 내 안에 어떤 열정이 더 깊어진 것 같다. 너희는 이미 여러 보물이 갖고 있는데 그것을 보려고도, 있다고 믿지도 않을 때가 많았거든. 그래서 너희에게 너만의 힘을 찾게 해주고 싶다는 마음이 내 열정으로 키워졌어.

이 책은 그런 마음으로 만들어졌단다. 부디 자기 자신이 어떤 꽃이 될지, 어떤 작품이 될지 기대하고 믿었으면 좋겠다. 너희 앞의 길이 막혔을 때 좌절하지 않고 그 길을 돌아 나올 수 있는 마음의 여유와 힘이 생기도록 이 책이 도움되었으면 좋겠어. 유난히 복잡하고 좌절되고, 우울하고 슬픈 날, 너의 마음을 공감하는 한 순간이 되어주었으면 좋겠다.

겨울 내내 얼어붙은 땅을 뚫고 대지를 나와서 마음껏 기지개를 펴는 꽃이 그래서 아름다운가 봐. 이 글을 쓰는 동안 나에게도 땅을 뚫는 고통이 있었어. 힘들었지만 무사하게 나올 수 있게 되어 기쁘고 감사한 마음이야. 기꺼이 나의 삶을 격려하며 동반해주는 가족과 많은 지인들에게 고마운 마음을 전하며….

2013년 5월의 싱그러운 어느 날

김현정

Contents

자꾸 잘하라고 하니깐 더 못하겠어!
– 자존감에 대하여

이상하게 보지 마!
내 행동에는 다 이유가 있다구!

사실 아무에게도 말 못한 진짜 고민은 따로 있어요!

나와 너 사이는 왜 이렇게 아픈 걸까?
– 관계 맺기

가상보다 더 달콤하고 소중한
우리만의 진짜 리그

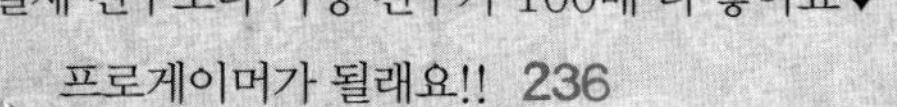

자꾸 잘하라고 하니깐 더 못하겠어!

– 자존감에 대하여

"너의 게임 캐릭터는 뭐니?"

"싸움도 잘하고 힘도 센 용사요."

"흠… 옷은?"

"은빛 날개를 입었는데 얍실하고 기럭지도 길어서 쩔어요."

"아… 그렇구나. 보통 자기랑 닮은 이미지를 캐릭터로 만들지 않나?"

"아닌데… 애들은 보통 자기랑 반대인 애를 캐릭터로 하죠. 제 주변 친구들은 다 그런대? 게임에서 예쁘고 날씬하면 걘 못생겼고 뚱뚱하다고 생각하면 되요. 사이버 세상에선 남자가 여자 행세하고, 초딩이 고딩 행세해요. 그냥 소개하는 대로 믿으면 안 돼요."

"그래서 너도 반대 캐릭터라는 거니?"

"예… 전 키도 작고, 잘하는 것도 없어요. 하지만 내 캐릭터는 뭐든지 잘하는 애에요. 전술도 뛰어나고 쌈도 잘하는 용병이죠. 제가 맵을 걸어가면 애들이 '님하~'하며 엄청 반겨요. 그런 느낌이 나쁘지 않고 좋아요. 진짜 키가 크고 잘 생겨진 것 같아요."

"실제의 너도 그렇게 작거나 이상하지는 않아."

"아니에요. 전 정말 키도 작고 못생겼어요.
애들이 조금만 뭐라고 해도 눈치가 보이고,
내가 뭐 잘못했나 하는 걱정도 되고… 잘하는 게 없어요.

그러니 이 모양 이 꼴이죠!"

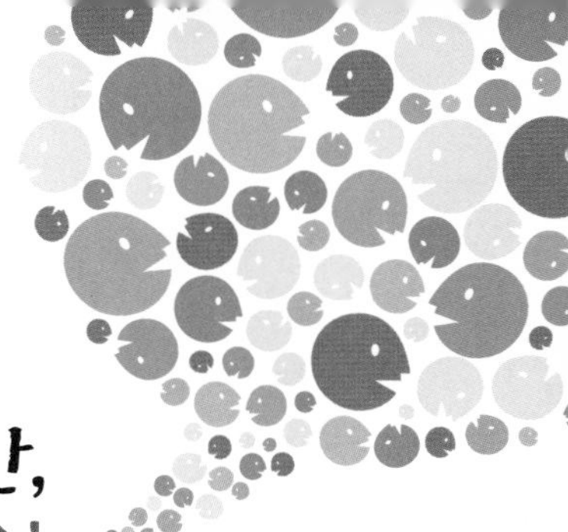

인정하긴 싫지만,
내가 제일 못나 보여

어릴 적 셀로판 놀이를 해본 적이 있니? 눈앞에 빨강색 셀로판지를 대면 모두가 빨강색으로 보이고, 초록색을 대면 초록색으로 보였던 거!! 그래. 우리가 어떤 눈을 가졌느냐에 따라서 자신과 세상이 다르게 보여. 아무리 주변에서 내가 멋지다고 말해도 나 스스로 부정적으로 본다면 그렇게 믿을 수밖에 없겠지.

선생님은 중학교 시절 내가 초라하고 못났다고 생각했단다. 그래서 남들도 나를 그렇게 본다고 믿었나 봐. 한번은 키도 크고 잘생긴, 나름 킹카라는 남자아이가 나를 좋아한다는 말을 들었어. 그런데 그때는 그 아이의 마음이 장난인 줄만 알았어. '그런 인기 많은 애가 나를 좋아할 리 절대 없다'고 생각한 거지. 그래서 그 아이가 나에게 다가오려고 할 때마다 이렇게 쏘아붙였어. “나 갖고 놀지 마!!” 세월이 흘러 스무 살이 지났을 때에 중학교 동창을 우연히 만났단다. 그 친구가 예전에 그 남자아이가 기억나냐고 묻더라. 그 아이가 나를 진짜 좋아했었다는 거야. 나를 좋아해서 말을 걸어도 나는 늘 밀어냈다고. 선생님이 그때 자신을 조금이라도 긍정적인 눈으로 보았다면, 중학교 시절 킹카와 사귀었을지도 몰라.

우리는 때때로 자신의 모습을 제대로 보지 못하지.
스스로 못나게 보는 안경이라도 쓴 것처럼.
한번 곰곰이 생각해 봐.
대체 나는 왜 그렇게 작고 초라하기만 할까?

딱히 무엇 하나 내세울 것 없는 나. 앞으로도 잘할 능력이 없는 나. 나 스스로를 이렇게 작게 여기는 데는 어떤 이유들이 있어. 그 첫 번째 이유는 내 어릴 적 세상이 나를 못나게 보게끔 대우했기 때문이지. 그 세상은 바로 부모님이야. 부모님이 “얘야! 네가 참 소중하다”, “네가 참 멋지고 좋구나”라고 자주 얘기해주셨다면 나 자신을 작고 초라하게 보게 되진 않았겠지.

물론 부모님은 세상 누구보다 더 귀하게 나를 대했을 거야. 하지만 부모님도 힘든 일이 있어서 짜증을 내신 적도 있었을 거야. 어쩜 우리가 더 잘되길 바라는 마음에서 혼내거나 화내셨을 수도 있어. 그래서 "잘했다", "사랑스럽다"는 말보다는 "공부해라", "그것도 못하니", "철 좀 들어라" 같은 말을 더 많이 하셨을지도 몰라. 내가 노력한 과정보다 왠지 결과에만 신경 쓰는 것 같은 부모님 모습. 그 모습에 우리는 점점 더 결과와 인정받는 것에 매달리게 된 거지. 그러다 보니 과정에서 돋보이는 자신의 장점을 놓쳐버리고, 스스로 보잘것없다고 생각하는 거야. 하지만 그럴지라도 네가 부모님을 탓하며 스스로 못났다고 생각하면 안 돼. 그건 진실이 아니니까. 네가 얼마나 좋은 나무가 될지 아무도 모르는 일이잖아. 좋은 나무는 원래 여러 바람 속에서 더 강해져. 넌 크고 강한 나무가 될 거니까.

자, 그럼 두 번째 이유는 뭘까? 나도 모르게 어떤 상황을 꼬아서 보기 때문이야. 이건 좀 어려운 말로 '인지적 왜곡'이라고 해. 즉 상황을 받아들일 때 사실을 왜곡해서 보도록 나의 뇌가 반응한다는 뜻이야.

예를 들어볼게. '만약 이번 중간고사에 점수를 올리지 못하면 나는 바보야'라고 마음먹었다고 해보자. 바로 이 마음 때문에 내가 정말로 바보가 되는 원리야. 사실 성적이 오르지 않는다고 바보인 것은 아니잖아? 그런데 이 마음먹음 때문에 중간고사 성적이 오르지 않으면 '나는 이것도 못하는 바보구나!'라고 연속적으로 받아들이게 되는 거야. 이런 인지적 왜곡은 너의 생각습관 혹은 주변의 반응 때문에 일어나. 혹은 특정 경험 때문에 왜곡하게 되었을 수도 있어.

세 번째 이유를 살펴볼까? 우리가 바로 성공보다 실패를 더 크게 느끼기 때문이야. 실패감은 사람을 작고 초라하게 만들거든. 게다가 1등을 추구하는 현실 때문에 우리는 뭔가 눈에 띄게 성공하지 않으면 잘한 것이 아니라고 믿는단다. 하지만 꼭 1등을 해야만 잘하는 건 아니야. 오히려 그런 생각을 버려야만 해.

너에겐 사실 아주 많은 성공 경험이 있어. 아기 때 넌 걸음마를 하면서 수없이 넘어졌을 거야. 그때마다 다시 일어났기 때문에 지금 이렇게 걸을 수 있는 거잖아. 너무 사소하다고? 누구나 다 하는 거라고? 하지만 지금의 너는 그런 성공을 거듭해서 다져온 '성공의 결정체'란 건 분명한 사실이야. 부모님이 바라는 만큼 해내지 못했어도, 마치 성공한 것이 없어 보여도 말이야. 그동안 네가 얼마나 많은 성공을 이루었는지 알면, 절대 자신을 초라하게 느끼지 않을걸!

넷째는 비교하는 마음 때문이야. 우리는 늘 누군가와 비교하느라 자기 모습을 그대로 볼 수 없어. 그런데 말이지. 그 비교가 진실인지는 따져 봐야 해. 엄마 친구 아들과 무수히 비교해왔지만 그 애들은 과연 완벽할까? 그 아이들 역시 키가 작아서, 친구가 없어서, 자기 성격에 대해 엄청 신경 쓴다는 걸 알고 있니? 누구나 잘하는 것과 못하는 것이 있고, 그건 다 달라. 그러니 더 이상 나보다 더 잘하는 사람(혹은 잘하는 특성)하고만 비교하고, 주눅 들지는 말자.

앞으로 책장의 곳곳에서 나를 긍정할 뿐 아니라 나를 믿게 되는 얘기를 할 거야. 더 당당한 내가 되도록 가슴을 펴고 들어봐주렴.

안녕하세요. 저는 제가 사는 이유를 몰라서 답답합니다.

오해는 하지 마세요. 저는 정상적인 학교생활을 하고 있고요.

친구도 있고 공부도 중상위권이에요. 선생님과의 관계도 괜찮습니다.

집에서는 부모님과 사소하게 충돌하긴 하지만 평범한 편이에요. 제가 사는 이유를 모른다고 말하면 꼭 이상하게 생각하는 친구들이 있어서요.

다만 저는 요즘 어떻게 살지 고민이 돼서 답답할 뿐입니다.

공부도 하기 싫고 다 귀찮아요. 그냥 자고만 싶고….

저도 제가 왜 이러는지 모르겠어요. ㅠㅠ 전에는 책 읽는 것도 좋아했는데 지금은 다 귀찮아요. 이러면 안 되는데…

그냥 내가 지금 왜 살고 있나 싶기도 하고…

제가 이상한 건가요?

갈팡질팡, 뒤죽박죽 저의 마음을 저도 잘 모르겠어요

아니 이상하지 않아. 그럴 때가 있거든. 잘하던 일이 귀찮아지기도 하고, 삽시간에 심각해지기도 하고. 진지하게 삶의 이유를 묻다가도 금방 잊고 헤헤 웃기도 하고 말이야. 아무것도 먹지 않고 싶었는데 누가 빵을 먹으면 나도 따라 먹으며 땅이 꺼져라 한숨 쉬고. 샘은 중학교 2학년 때 이런 걸 고민하느라 때로는 친구들이 말을 거는 것도 귀찮았어. 난 이렇게 심각한데 다른 사람들은 너무 아무 생각 없이 지내는 것 같아 한심해 보였거든.

근데 말이야. 왜 그렇게 이상하리만치 고민스러운 걸까? 세상 고민을 다 가진 사람처럼. 지금이 사춘기라서일까? 사춘기는 2차 성징으로 몸이 어른으로 바뀌는 시기인데, 왜 짜증과 고민이 늘고 머릿속도 뒤죽박죽된 느낌일까?

그건 말이야. 몸은 어른이 되어가지만 아직 마음은 그 속도를 따라가지 못하고 있기 때문이야. 어른인 몸과, 아이인 마음 사이의 갭이 우리를 불안하게 만들거든. 이제 난 어른이 되는데 '그럴싸한 사람이 되지 못하면 어쩌지?' 하는 마음. 한편으로는 얼른 어른이 되어 독립하고 싶은데 부모님은 아직도 나를 애 취급해서 화도 나는 마음.

이제 어른으로 살 준비를 해야 하니 막막하고 긴장도 돼. 마음이 수도 없이 바뀌고 불안해져. 그러니 당연히 우울하지. 만사가 귀찮아지고, 한숨만 나오는 것은 그런 우울감 때문일지도 몰라. 마음은 우울한데 겉으로는 아닌 척 가면을 쓰기 때문에 그 시기의 우리는 모두 '가면을 쓴 우울감'을 느끼거든.

괜찮아. 선생님은 너의 그런 마음이 오히려 다행이라고 생각해. 이렇게 고민도 하고, 짜증도 내야 나중에 더 큰 혼란을 겪지 않게 되거든. 사춘기 시절에 많이 흔들리며 고민해야 자기 개념을 완성하고, 삶의 이유도 느끼게 돼. 그러면 나중에 그만큼 덜 헤맬 수 있거든. 만일 지금 고민하지 않는다면 20대, 30대에 가서 '나는 왜 살까' 하며 고민에 빠지게 될 거야. 나이가 들어서 고민하면 얼마나 더 힘들겠어.

지금의 그 고민은, 지금의 그 우울감은 바로 내가 누구인지를 확인하는 과정이야. 내 성격은 어떻지? 무엇에 관심이 있지? 어떤 자세와 신념으로 삶을 살아갈래? 그렇게 고민하면서 나라는 존재에 대해 끊임없이 확인해야 해. 나에 대한 사용설명서를 만드는 것이라고나 할까? 심리학자 에릭슨은 청소년기 때 나라는 존재를 명확하게 이해하고 가치관을 세우는 자아정체감을 이루어야 한다고 주장했어.

우리는 왜 살아야 할까? 무엇 때문에 살지?
어쩜 살아가는 내내 그 이유를 찾기 위해서
살고 있는지도 몰라. 나를 있게 하고, 내가 있음으로써
누군가에게 좋은 영향이 될 수 있다는
기대와 희망을 안고 살아가기 위해서 말이야.

이런 질문은 쉽게 답을 얻기 힘들겠지? 머릿속이 복잡해지는 건 당연해. 매우 자연스러운 거야. 그만큼 치열하게 고민하면서 '나'라는 사람을 만들어가야 해. 답을 얻지 않아도 괜찮아. 답을 얻기 위해 노력하는 것만으로도 이미 나는 많이 크고 있는 거야.

이따금 여러 사람의 얘기를 듣는 것도 좋아. 인생을 더 경험한 명사들의 강연도 듣고 책도 읽어보면 좋겠어. 그 사람들이 자신을 어떻게 받아들이고 살았는지 알면 도움이 될 거야. 그리고 일기를 써

보면 좋겠어. 1주일에 2~3번씩, 힘들다면 한 달에 1번이라도 써봐. 일기를 쓰면서 자신을 돌아보는 시간을 가져야 해.

그런데 잊지 마! 가장 강한 힘은 내가 괜찮은 사람이 될 거고, 나는 사랑받을 만하다는 믿음에서 나온다는 걸. 설사 자신이 괜찮은 구석이 하나도 없는 것 같은 순간에도, 그런 믿음을 버리지 말아야 해. 그것은 삶의 어려운 고비를 이겨낼 강력한 힘이거든. 나는 이걸 뱃심이라고 표현해. 자기를 존중하고 긍정하는 힘! 그것을 지금 너희 시기에 많이 만들어냈으면 해. 그러려면 다른 사람과 비교하거나 스스로 못났다고 탓하는 내면의 소리. 이제 그만 귀 기울이자. 공부를 못하기 때문에, 특기가 없기 때문에 내가 보잘것없다고? 절대 아니야. 차고 넘쳐 오르는 고민 때문에 분주한 너희들! 때로 불안하고, 무섭고 겁나더라도 힘내자!! 화이팅!!

우리는 왜 살아야 할까?
무엇 때문에 살지?
어쩜 살아가는 내내 그 이유를 찾기 위해서
살고 있는지도 몰라.
나를 있게 하고,
내가 있음으로써 누군가에게 좋은 영향이 될 수 있다는
기대와 희망을 안고 살아가기 위해서 말이야.
MURDER SQUAD

선생님! 안녕하세요.

저는 중학교 3학년 여학생이에요.

저는 꿈이 없어요. 뭐라도 하고 싶은 게 있으면 열심히 할 자신이 있는데, 뭘 하고 싶은지 잘 모르겠어요. 해본 것도 별로 없고 잘하는 게 뭔지도 모르겠어요. 친구들은 컴퓨터 프로그래머니, 통역사니, 선생님 같은 상담사가 되겠다고도 말하는데…. 전 딱히 하고 싶은 게 없어요. 저만 덜 떨어진 것 같고 한심해서 미칠 것 같아요. ㅠㅠ 좋아하는 거라도 있어야 꿈이라도 정할 텐데 말이죠.

제 성격은요, 소극적이지만 활발할 때는 활발하구요, 근데 조용히 있는 걸 더 좋아하는 편이에요. 덜렁대기도 하고 가끔은 꼼꼼하다는 얘기도 들어요. 취미는 독서에요. 특기는 없어요. 국어, 영어, 수학은 그래도 노력하면 3등급은 나와요. 음악, 미술, 체육, 기가는 항상 실기가 잘 안 나오구요. 외워서 시험을 보면 그런대로 중간은 나오는 편이에요.

선생님이 저의 꿈을 좀 찾아주세요.

제게 맞는 직업을 찾아주시면 이 은혜 절대 잊지 않을게요.

그럼 답변 기다릴게요.

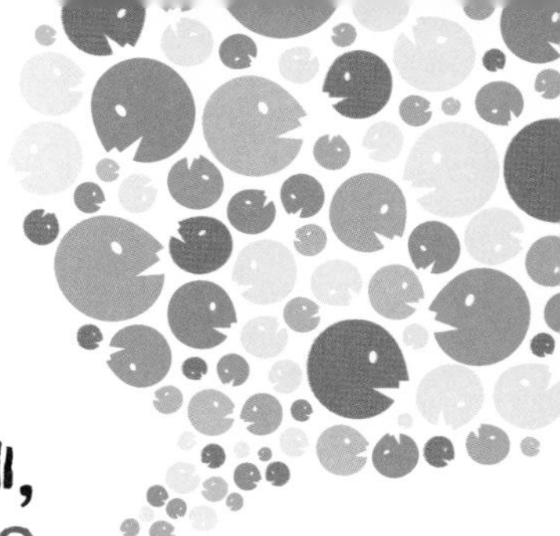

딱히 하고 싶은 일이 없는데, 어떻게 꿈을 말하죠?

음~~ 이런 요청은 나를 당황스럽게 만들어. 꿈을 찾지 못해 답답한 네 마음을 모르는 것은 아니야. 하지만 샘도 신은 아니란다. 그런데 내게 꿈이나 직업을 찾아달라고 조르는 일이 심심찮게 있어. 그만큼 너희의 꿈에 대한 고민이 크다는 거겠지. 샘이 너희와 같이 방향을 찾고 조언해줄 수는 있어. 하지만 꿈을 찾아줄 수는 없단다. 어느 누구도 네게 딱 맞는 직업을 찾아줄 수는 없을 거야. 부모도, 진로 전문가도 그건 못해. 왜냐면 그걸 가장 잘할 수 있는 사람은 따로 있기 때문이야. 바로 너 자신이지. 혹 부모님이 네게 맞는 직업을 추천해주신다고 해도, 네가 그 직업이 싫을 수도 있고, 직업 가치관과 맞지 않을 수도 있잖니. 그러므로 너 자신이 직업을 선택하는 주인공이고 관리자가 되어야 해.

그런데 샘은 궁금한 게 하나 있단다. 꿈이란 뭐지? 왜 우리는 '꿈' 하면 모두 직업을 얘기하는 걸까? 직업이 있으면 꿈이 있는 거고, 직업이 없으면 꿈이 없는 걸까? 어릴 적 우리는 꿈을 묻는 질문에 이렇게 답하곤 했어.

"여러분 꿈이 뭐예요?"

"저는 대통령이요."

"간호사요!"

"외교관이요!"

"과학자요." ……………………………………

어릴 때는 그렇게 많은 꿈을 얘기했는데 중학교에 들어가 선생님이 "장래 희망은?" 하고 물으면 조금 주저하게 돼. 꿈이 바뀌거나 아예 없다고 하지. 고등학교에 가서 같은 질문을 받으면 반에서 한두 명만 고개를 들고 대답해. 나머지 친구들은 고개를 숙이고 무엇을 생각할까.

점점 꿈을 자신 있게 대답하지 못하는 이유는 직업이 공부와 관련 있다고 생각하기 때문이란다. 성적이 따라주지 않으면 내가 원하는 직업도 가질 수 없을 것 같지. 공부를 못하기 때문에 다른 것도 못할 거라고 믿어 버린 거야. 그래서 마치 내가 하고 싶은 게 없는 것처럼 생각한 거고. 사실 내 속에는 더 다양한 능력이 있는데도 말이야.

마치 나는 재능이 없고 아무것도 이룰 수 없을 것 같기만 해.

이러는 데는 어른들이 마치 '꿈=직업'인 듯 얘기하는 영향도 크겠지. 하지만 꿈은 직업과는 다른 거야. 직업이 인생을 살면서 무언가를 이루게 하는 도구라면 꿈은 그 도구를 활용해서 내가 이루어가야 할 방향이란다. 직업으로만 성취감을 느끼고 존재 가치를 느낄 수 있는 건 아니야. 궁극적으로 너희가 자신의 꿈을 이룰 수 있으면서 삶의 행복과 보람을 느끼면 좋겠어.

근데 말이야… 꿈이란 뭐지?
꿈은 내가 갖고 싶고, 하고 싶고, 되고 싶은 모든 것이야.
내 이름으로 된 도서관을 짓는 게 꿈이면 어떨까?
세계 모든 호텔에 가서 내가 다녀갔다고
똥을 싸고 오줌을 싸는 건 어때?
세계의 시장 안에 있는 다양한 음식을 맛보고,
생생한 사람들의 표정을 카메라에 담는 꿈은 안 되는 거냐고.

꿈이 나왔으니까 비전도 얘기해야겠다. 비전이라고 하면 사람들은 "명확하고 구체적으로 보이는 청사진"이라고 말해. 그런데 샘은 "비전이란 내가 가지고 있는 꿈에 사명이나 의미를 더하면 그것이 비전"이라고 생각한단다. 예를 들어 샘은 이다음에 학교를 만들고 싶고 운영하고 싶거든. 학교를 만들고 싶은 이유가 단지 가르치는 일이 재미있어서가 아니야. 샘은 그 학교에서 성적과 자신감이 낮고, 성취감을 느끼지 못한 학생들을 대상으로 자기 안의 보물을 발견하게끔 만들고 싶어. 그래서 세상 속에서 자신의 역할을 만들고 그 가치를 다하는 일꾼들이 되었으면 하거든. 이렇게 가지고 싶고, 하고 싶고, 되고 싶은 것에 나만의 의미와 가치를 부여하면 그것이 비전이야. 비전이 되는 순간 삶의 목표는 거기에 맞춰지고, 내 열정과 온 힘을 다해 노력하게 돼. 직업을 택할 때도 가르치는 일, 아이들을 만나는 일로 좁혀 생각하게 되겠지.

공부를 잘해서 훌륭한 직업을 가져야만 네가 가치 있어지는 건 아니란다. 너에게는 세상의 무궁무진한 일들을 누릴 권리와 책임이 있거든. 직업만 생각하면 답답하고 아무것도 못할 것 같지만 꿈을 생각한다면 이야기는 달라져. 공부를 잘해야만 꿈을 이루는 것은 아니거든. 자! 종이를 꺼내서 네가 갖고 싶은 것, 하고 싶은 것, 되고 싶은 것을 모두 적어 보렴. 그 가운데 공통된 것을 묶고 네가 무엇을 일관되게 원하는지 살펴보면 너의 직업도 정리될 수 있을 거야.

특히 너희 때는 진로를 구체적으로 생각해야 돼. 혹 꿈과 다르더라도 직업을 찾는 노력을 게을리 하면 안 되겠지. 먼저 네 성격을 잘 살피고 장단점과 흥밋거리는 무언지 살펴보렴. 어떤 직업 환경이 더 좋을 것 같은지, 내 우선순위는 무엇인지 '너 자신을 많이 알고, 직업을 많이 아는 시간'을 가져야만 한단다. 생각보다 세상의 직업은 엄청나게 많아. 그중 몇 개밖에 모르면 내가 할 일이 없어 보이지. 많이 알수록 할 수 있는 일도 많아진단다. 내 정보와 직업 정보를 비교해가면서 원하는 것을 찾아가야 해. 그렇게 하면 진학할 때도, 문과와 이과를 선택할 때도 잘할 수 있겠지.

또 직업을 찾는 좋은 방법 하나는 내가 주로 생각하고 행동하는 것을 알아보는 거야. "돈이 가는 곳에 마음이 간다"는 말이 있거든. 너는 무엇에 돈을 쓰고, 네 소중한 시간을 쓰고 있니? 네가 소중한 무엇인가를 투자하고 있는 그곳이 바로 네가 주로 생각하고 행동하는 것일 수 있어. 곧 너의 직업과도 연결될 수 있겠지.

예를 들면 다른 것은 모르겠는데 여행 얘기만 나오면 귀가 솔깃하고 정보를 뒤적거린다면 너는 영어, 여행, 다른 문화 등에 관심이 있는 거겠지? 그걸 통해서 직업을 구체적으로 생각해봐도 좋아. 자 눈을 크게 뜨고 찾아보렴. 너의 가방 안에는 무엇이 있니? 네 책상 위에는 어떤 책이 꽂혀 있지? 너는 어떤 주제에 관심 있니?

직업과 관련된 몇몇 잘못된 생각도 정리해보자. 다음 목록이 네 생각과 꿈을 찾는 데 도움이 될 거야. 자유롭게 생각해보고 많은 가능성을 찾자.

직업에 대한 우리의 편견	이제 이렇게 생각해보자!
· 직업은 '잘하는 일'을 선택해야 돼.	물론 잘하는 일을 직업으로 삼을 수도 있어. 하지만 어떤 일을 좋아하고 재미있어하다가 잘하게 되는 일이 훨씬 많단다. 재능보다 노력, 열정, 즐거움이 더 큰 영향을 끼치거든. 그러니 네가 재미있어하는 일도 직업 후보가 될 수 있어.
· 누구나 자신만이 해야 할 천직을 타고 난다. · 그 천직을 찾아야 평생 일을 할 수 있다.	타고난 재능이 있는 분야도 있지만, 모두에게 뚜렷한 재능이 있는 건 아니야. 천직도 마찬가지야. 자기가 그 일에서 보람을 느끼면 그게 천직이지. 재능이 있더라도 그 일에 흥미가 없으면 그 직업을 선택하지 않을 수도 있는 거야.
· 한 번 선택한 직업은 바뀌지 않는다. · 오래 일할 수 있는 직업을 선택해야만 한다.	어른이 되어서도 하고 싶은 것은 언제든 바뀔 수 있어. 특히 청소년기 때는 직업이 수시로 바뀌지. 왜냐고? 생각이 바뀌고 경험이나 환경이 달라지니 당연히 하고 싶은 것도 바뀌는 거지. 게다가 요즘은 안전하고 오래 일하는 평생직장의 개념은 거의 없어. 지금 직업 말고 또 다른 직업으로 이전하는 일도 많지. 그런 능력을 갖기 위해 어른들은 얼마나 많은 공부를 하고 있는데.
· 내가 직업을 선택하지 못하는 이유는 잘할 자신이 없어서야.	지금의 너는 '과정'이야. 즉, 자전거로 치면, 이제 막 자전거를 타고 목적지를 향해 출발하는 중이지. 달려가면서 주변의 많은 풍경을 바라보고, 어려운 길도 자기 힘으로 헤쳐 나가게 될 거야. 처음에는 넘어지고 자꾸 비틀거려도 점점 익숙해져. 그러면서 잘하게 돼. 그러니까 네가 지금부터 이 일을 잘할 수 있을지를 고민하고 판단하는 것은 너무 이르단다.

직업에 대한 우리의 편견	이제 이렇게 생각해보자!
· 나는 이 직업을 원하는데 부모님은 반대하셔.	정말로 내가 원하는 일이라면, 그 일에 놓인 어려움은 누구도 도와주지 않고 스스로 뛰어넘어야 한다는 걸 알아야 해. 부모님께 내가 왜 이 일을 원하는지를 잘 설명하고, 혹 부모님이 도와줄 수 있는 환경이 아니라면 홀로 직업을 향해 나갈 방법을 생각해야겠지.
· 나는 수학을 싫어하는데 내가 원하는 직업은 수학을 해야만 해.	수학을 정말 싫어하는데, 내가 원하는 직업은 수학을 꼭 해야만 해. 수학을 피하고선 절대 그 일을 할 수가 없어. 그렇다면 수학 공부를 '내가 정말 이 정도로 이 일을 원하는가'의 잣대로 삼아 보렴. 수학은 정말 싫지만, 그럼에도 그 일을 정말 하고 싶니? 그렇다면 이제 '수학 싫다'는 고민보다는 '수학을 어떻게 하면 즐겁게, 잘할 수 있을까'를 고민해야 하지 않을까?

고등학교 원서를 쓸 시기라서 지금 엄청 고민 중인데요. 인문계를 가자니 야자도 그렇고, 여기저기서 잘하는 애들도 많이 오고. 그런 게 젤 큰 걱정이에요. 제가 공부를 못하는 편은 아닌데요. 인문계에 가서 죽기 살기로 공부해서 상위권에 들 자신도 없고요. 솔직히 어중간하게 하는 애들은 이도 저도 안 된다고 하더라고요.ㅜㅜ (중3남)

아! 고민이에요. 얼마 후면 문과, 이과로 나뉘는데 **무얼 선택해야 할지 모르겠어요.** 영어는 좀만 하면 성적이 그런대로 나오는데요. 수학, 과학은 재미있지만 성적이 안 나와요. 엄마에게 의논하면 영어를 잘하니까 문과에 가라고 하는데 저는 수학이랑 과학이 잘은 못해도 재미있거든요. 어떻게 해야 되나요? (고1남)

학원 샘에게 수학을 배우려고 하는데요, 어떤 선생님께 배워야 할지 알려주세요. 두 선생님이 계신데요, 한 분은 재미있고 나이가 많아요. 공부 잘하는 애들만 좋아하는 것 같지만 애들 말로 잘 가르친대요. 다른 한 분은 제가 좋아하는데요. 아이들을 진심으로 대하시는 것 같아요. 제가 어떤 분을 선택하면 좋을까요? (중2여)

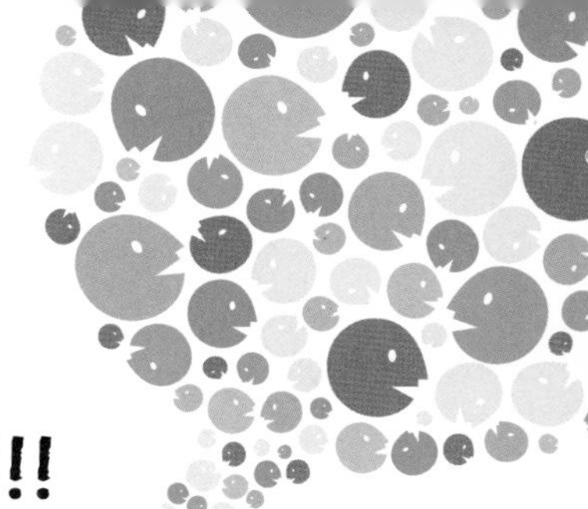

선택, 선택, 선택!!
뭘 골라야 잘한 건가요?

참 선택할 게 많다. 그치? 우리는 매순간 선택하며 살고 있어. 지금의 한 시간은 나의 선택들이 쌓여진 한 시간이고, 오늘은 수많은 선택이 결정되기도 하고 놓쳐지기도 한 날이지. 아침에 이 버스를 탈까 다음 버스를 탈까도 고민하지. 2교시가 끝나고 매점을 갈까? 3교시 끝나고 갈까? 선생님이 질문하면 A라고 말할까? B라고 말할까? 이 모든 것이 선택이니까 말이야.

그런데 말이야. 이 선택이란 게 참 아이러니하단다. 아무리 잘하려고 애쓰지만 내 뜻대로 되지 않을 때가 많거든. 등교 버스를 놓칠까 다른 날보다 일찍 나섰지만, 아슬아슬하게 눈앞의 버스를 놓치는 바람에 일찍 나온 게 아무 소용없는 날이 있잖아? 그런가 하면 시간이 늦어 아예 천천히 걸었는데도, 버스에 타는 사람이 많아서인지 막판에 버스를 타게 되는 운 좋은 날도 있지. 비단 등교 버스만이 아니야. 시험을 볼 때도, 학과를 정할 때도 내 노력과는 별개로 선택이 작용되는 일이 많아. 이런 걸 보면 선택이 매우 중요하지만 우리가 선택의 결과를 완벽하게 예측할 수 없다는 것을 깨닫게 돼.

누구나 선택을 잘하고 싶어 해. 실패하고 싶지 않으니까.
남들보다 더 잘하고 싶으니까.
그런데 말이야.
100% 만족하고 전혀 실수 없는 선택은 불가능해.
왜냐면 누구도 또 다른 선택의 무수한 가능성을 알지 못하거든.

선택의 가능성을 다 예측할 수 없다면 내 상황에서, 내 성격에 맞게 그때그때 선택한 것이 최선이라고 생각해보면 어떨까? 샘은 상담실에서 여러 사람을 만나. 많은 사람이 과거의 선택을 후회하지. 어떤 어머니는 "내가 지금의 남편을 만나지 않았다면 행복했을까요?"라고 묻고, 한 아이는 "그때 외고가 아닌 인문고를 갔으면 제가 더 잘했을까요?"라고 물어. 그럼 샘은 이렇게 대답해. "우리가 과거로 돌아간다고 해도 더 성숙해진 지금의 모습으로 돌아갈 수 없다면 결과는 똑같지 않을까요?"라고 말이야.

사실 후회하는 것 역시 선택이야. 선택을 완벽하게 할 수는 없기 때문에 이 선택에 만족하는 것도 우리가 행복해지는 방법이거든. 하지만 우리는 자주 후회를 택하고, 지나간 선택에 얽매이지.

사람들은 크고 중요한 선택일수록 주저하게 돼. 두려움과 불안 때문이야. 절대 실패해서는 안 되고 잘해야 한다는 생각이 불안을 만들거든. 불안이 커지면 두려움이 되고, 두려움이 커지면 공포가 돼. 진짜 실패할 것 같은 마음이 나를 누르게 되지. 그만큼 그 선택이 중요하고, 잃고 싶지 않으니까.

그래서 쉽게 결정하지 못하고 다른 사람에게 조언을 구해. 남에게 조언을 구할 수는 있지만 그 사람들이 하라는 대로 따르는 로봇이 되어서는 안 돼. 어떤 사람은 그 정도가 지나쳐서 무조건 남의 말대로만 해. 자신이 원치 않는 학교에 진학해놓고 "왜 그 학교를 갔니?"하고 물으면 "엄마가 가라고 해서요"란 대답을 하지. "왜 이 학과를 진학했니?"라고 물으면 "선생님이 가라고 했어요" 하는 친구들도 많아. 그렇게 남이 하라는 대로 했다가 잘 안 되면 남 탓을 해. 하지만 옆에서 부추기더라도 최종 선택은 자신이 한 거잖니? 어찌하든 그 책임을 질 사람은 그 누구도 아닌 나야. 선택에 따른 시간과 대가를 짊어지는 사람도 나란 사실을 명심해.

또 이와는 반대로 다른 사람의 조언은 무시하고, 자신의 생각만

누구나 선택을 잘하고 싶어 해. 실패하고 싶지 않으니까.

남들보다 더 잘하고 싶으니까.

그런데 말이야.

100% 만족하고 전혀 실수 없는 선택은 불가능해.

왜냐면 누구도 또 다른 선택의 무수한 가능성을 다 알지는 못하거든.

믿는 사람이 있어. 나의 주관대로 선택하는 것도 중요하지만, 객관적인 의견을 귀담아 들어야 더 현명한 선택을 할 수 있어. 간혹 "촉이 좋아", "필이 왔어!"라며 감정이나 느낌에 따라 선택하는데 그건 아주 위험한 행동이야. 촉이나 감이 나의 일을 모두 책임지기엔 너무 순간적이고 즉흥적이거든.

그럼 어떻게 해야 선택을 잘하는 걸까? 우선 작은 선택이라면 내 선택이 최고라고 믿는 자세를 갖자. 사소한 선택인 만큼 실패에 대한 불안이 덜할 수 있으니까. 예컨대 '라면 대신 떡볶이를 먹을걸' 하고 후회하지 말고 그냥 내 라면이 제일 맛있다고 믿는 거야. 샘은 옷이나 신발을 사고 난 후에는 더 좋은 물건이 있나 돌아보지 않아. 그렇게 확인하면 내 선택을 후회할 게 빤하니까. 작은 선택이 주는 만족을 맛보려면 내 선택을 믿고 지지하는 태도도 필요해.

크고 중요한 선택은 어떨까? 중요한 선택 앞에서는 신중을 거듭해야겠지. 결정 앞에서 '세 번만 더 생각하자'는 태도를 갖자. 그러면서 정보를 얻어야 해. 예를 들어 어떤 대학교를 가야 할지 결정한다고 해보자. 그 학교의 홈페이지를 가보고 캠퍼스나 학과, 취업률 등 내 마음에 드는 부분을 찾아보는 거야. 작년도 입시 경쟁률도 알아보고, 그 학교를 다니는 선배나 지인도 만나서 조사도 하고 말이야. 이렇게 정보를 모아 놓고 A와 B 대학을 비교해서 더 좋은 학교를 선택하는 거지.

샘은 정보를 비교할 때 종이에다 적어본단다. 아주 쉬워. 종이를 반을 나눠서 한쪽에는 얻는 것을, 한쪽에는 잃는 것을 적는 거야. 그럼 한눈에 장단점을 파악할 수 있어. 얻는 것이 많아도 비용이 더 크면 그건 NG야. 선택에는 포기도 들어간다는 걸 잊지 마렴.

선택은 포기도 포함한다는 말이 나왔으니까 하나만 더 얘기할게. 샘은 의상 디자이너에 대한 막연한 기대가 있었어. 왠지 패션에 관한 일이 엄청 멋져 보이거든. 그런데 샘은 어릴 적부터 미술을 매우 못했어. 솔직히 고백하면 미술 성적이 '양? 가?' 정도였단다. 그래서 샘은 막연한 기대만 있는 의상 디자이너보다는 다른 진로를 선택했어. 글을 쓰는 것, 상담하는 것, 강의하는 것! 디자이너와 상담은 매우 다른 진로라 정보도 많이 찾아봤어. 아까 말한 것처럼 종이에 장단점을 적어서 따져보았지. 결국 디자이너를 포기하고 상담을 선택했는데, 상담이 샘에게 더 어울리는 옷이었는지 지금 이 일이 참 고맙고 행복하단다. 만일 열심히 해서 그 선택을 따라갈 수 있다면 어떤 선택이든 포기하지 마렴. 하지만 그렇지 않다면 환경이나 상황에 따라 생각을 바꿔야 할 때도 있는 거야. 그렇다면 그것은 더 이상 나의 길이 아닌 걸로!!

그리고 기억하렴! 언제나 최고, 혹은 좋은 점만을 선택할 수는 없어. 최선이면 제일 좋겠지만, 그럴 수 없는 경우에는 차선을 선택해야 돼. 예를 들어 내가 원하는 대학이 근사하지만 너무 멀어서 우리

집에서는 학비와 생활비를 내줄 형편이 도저히 안 된다고 해보자. 그렇다면 그 다음 두 번째로 만족되는 것을 선택해야 해. 집에서 가까운데 그중 멋있고 괜찮은 학교를 선택해서 그곳에서 최고가 되도록 노력하는 거지.

선택은 절대 완벽할 수 없어. 하지만, 선택한 그곳에서 최선을 다하고 만족하면 최고가 될 수 있단다. 물론 행복 또한 네 선택이야!! 그건 다른 사람이 아닌 내가 주인공인 내 길에서 얻은 것이니까.

이상하게
보지 마!
내 행동에는
다 이유가 있다구!

"엄마가 어릴 적에 일찍 돌아가셔서 마음이 많이 아팠겠네."

"뭐… 기억도 별로 없어요."

"기억이 없어서 아픈지도 모른다는 뜻?"

"그건 아니고요. 굳이 아프다고 말할 필요가 있나요."

"샘은 아프면 아프다고 표현해주면 좋겠어. 너에게 가까이 가고 싶은데 네가 표정도, 말도 없으니까 무슨 생각을 하는지 알기 어려워서."

"저 원래 그래요."

"흠. 그런데 샘은 왜 네가 원래 그렇다는 생각이 들지 않지?"

"진짜인데…."

"넌 친구 문제 때문에 학교에 안 가려고 했잖아. 그렇다면 네겐 별 문제가 없는데, 왜 친구에겐 오해가 생긴다고 힘들어하는 거야?"

"무슨 말인지 모르겠어요."

"네가 표현을 잘하지 않는 건 잘못은 아니야. 하지만 그것 때문에 친구들이 너를 이상하게 생각하지 않을까 해서."

"웃을 때 웃지 않고, 울 때 울지 않는 게 그렇게 이상한 건가요?"

"때에 따라선 이상한 일이 되겠지. 친구들은 '좋다, 싫다'를 표현하는데 너는 아무 말이 없으면 애들은 네가 어떤 애인지 알기 힘들 거야. 자신을 내보여 주지 않는 친구에게 왜 매달리겠니?"

"애들과 그다지 친하게 지낼 마음도 없는데요. 뭐."

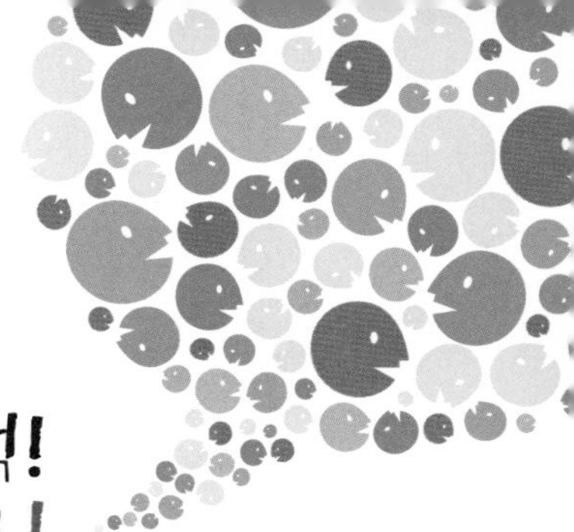

아닌 척, 괜찮은 척! 내 진짜 모습은 아무도 몰라요! - 나는 가면맨

가면을 무겁게 쓰고 있는 아이들. 무표정, 무반응으로 덤덤한 표정을 짓고 있어. 마음속에서는 왠지 모를 불안함과 긴장감이 타들어 가고 있는데 말이야. 그런 사람들이 우리 주변에 참 많은 것 같아.

내가 사람들에게 작고 초라하게 보일까 봐 우리는 자신을 어느 정도는 감춰. 더 나은 모습을 보여서 사람들에게 인정받고 싶은 욕구 때문에 그러기도 하지. 아니면 너무나도 아픈 상처, 슬픈 기억들을 들키지 않기 위해서 오늘도 태연한 척, 무감한 척 있는지도 모르겠고. 어떻게 보면 그런 행동은 용기 없음이고, 두려움이고, 긴장을 이겨보려는 삶의 전략이기도 해. 하지만 사람들이 나를 어떻게 볼까에 집중하느라 진정한 자신의 모습을 놓치는 건 매우 슬픈 일이야.

얼마 전에 TV를 보다가 모 회사의 광고를 보았어. 파이를 주면서 "사실은 나 오빠보다 한 살 많아", "그동안 나 키높이 구두 신었다" 등으로 고백하는 장면이었어. 샘은 그 광고가 참 마음에 들었단다. 왜냐하면 고백하기 전까지 나이 때문에 그 애가 싫어할까 봐 동생인 척했을 여학생의 불안한 마음이 무엇인지, 키 작은 내 모습을 싫어할까 봐 키높이 구두를 절대 벗지 못했을 남자의 초조함이 어떨지 충분히 공감되었거든. 이제 당당해지려고 파이를 주면서 솔직히 자신을 보여주는 모습이 얼마나 좋은지 몰라. 가면은 이렇게 내 약한 모습을 가려주거나, 상대에게 나를 보이고 싶은 모습으로 비추게 하는 도구일 거야.

물론 적절한 가면은 좋은 관계를 유지하도록 도와줘. 슬픔에 젖은 친구 앞에서 내게 생긴 기쁜 일만 생각하며 즐거워하는 건 좋지 않은 행동이겠지. 상대방을 위해 내 감정을 살짝 감추는 센스는 때로는 인간관계를 더 좋게 하니까.

하지만 너무 두꺼운 가면을 쓰는 일은 다른 사람이 내게 다가올 수 없게 만들어. 사람들에게 다가가고 싶어서 가면을 썼는데, 그 가면 때문에 오히려 사람들과 멀어진다면 슬픈 일이잖아. 그러니 이제 무거운 가면을 벗어던져 보자. 그러기 위해 먼저 감정을 둘러싼 많은 양파 껍질을 이해해야만 해.

'분노'라는 감정을 예를 들어볼게. 분노의 껍질을 까보면 알맹이는 분노 → 실망, 좌절 → 두려움, 불안 → 죄책감 → 사랑, 인정, 바람으로 감싸진 것을 알 수 있어. 구체적으로 예를 들면 이런 거야. "공부를 잘하고 싶어. 왜냐하면 인정받고 싶으니까(인정). → 그러려면 열심히 해야 하는데 더 잘하지 못하는 내가 미워(죄책감). → 이러다가 정말 인정받지 못할까 두려워(두려움). 내가 정말 잘할 수 있을까(불안).→ 친구도 안 만나고 잘하려고 했는데 엄마는 늘 나한테 공부 못한다고 혼만 내셔(좌절).→ 엄마가 나를 무시하는 말을 해서 오늘은 화가 폭발했어. 엄마는 나를 인정하지 않아! (분노)"

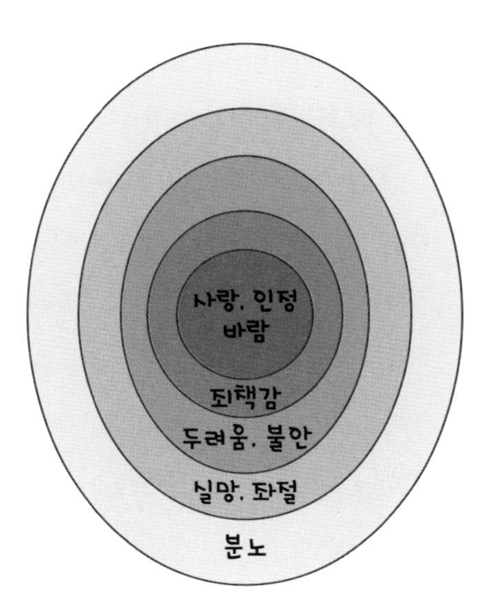

이제 내 감정 밑에 깊은 무엇인가가 있다는 것이 이해되니? 엄마의 인정, 사랑이 내 감정의 핵심이었다면 그것 때문에 느끼는 좌절감과 실망감을 들키지 않으려고 분노라는 커버를 씌운 행동 패턴. 물론 커버는 바뀔 수 있어. 분노를 무반응 무표정으로 덮을 수도 있지. 어떤 것이든 무거운 가면을 쓰는 행동이야.

그렇게 감췄다 한들 그 바람이 어디 가는 건 아니잖니. 나에게는 여전히 그 일이 혹은 그 사람이, 신경 쓰이고 긴장되고 불안한걸. 여전히 불안하다면 이미 그 가면은 좋은 역할을 하지 않는 거야.

또한 가면을 쓰는 것은 일시적이어야 해. 영원히 가면을 쓴 채 살 수는 없거든. 문제를 찾아서 해결하거나 아니면 당당하게 받아들이는 게 차라리 나아. 어느 쪽이든 용기가 필요한 일이야.

네 마음 깊숙이 가면을 벗고 싶다는 외침이 들려오지 않니?
어쩌면 꽤 오래 전부터 '척하지 않은 온전한 내 모습'을 보여주고 싶었을지도 몰라.
그 외침을 이제 억누르지 말고 귀 기울여 들어봐.

샘의 후배는 목에 큰 상처가 있었어. 그 상처가 너무 흉하다고 생각해서 후배는 여름에도 폴라티를 입고 다녔지. 나도 그랬고 사람들도 후배에게 "답답하다" "더워 보여" "제발 그 스카프 좀 어떻게 해 볼 수 없어"라고 얘기했지. 그 친구의 목 상처를 몰랐으니까. 그런데 어느 날 후배가 나에게 고백했어. "어릴 적 무엇엔가 심하게 긁혀서 상처가 크다고. 창피하다"고. 후배는 스카프를 풀고 용기를 내어 그 상처를 보여줬어. 샘은 그제야 후배의 진짜 마음을 알고 미안하고 고마운 마음이 들었어. 그리고 후배에게 더 다가설 수 있었지.

만약 가면을 쓰더라도 내가 왜 그런지를 얘기한다면 사람들이 나를 이해할 수 있지 않을까. 아무 설명 없이 여름에 폴라티를 입고 있으면 얼마나 이상하겠니. 가면을 지금 당장 벗지는 않더라도 덧씌우지 않으려는 노력은 필요하단다. 내 마음을 여는 것은 상대에게 나를 이해할 기회를 주는 거야. 마음을 열면 상대가 내 마음에 들어올 수 있는 공간이 생기거든. 마찬가지로 상대가 마음을 열어주면 나도 그 마음에 들어갈 수 있겠지.

"나 이것 때문에 예전에 상처 받아서 누가 비슷한 행동하면 가슴이 떨려."

"네가 고개를 돌리고 얘기하면 나를 무시한다는 생각이 들어."

이렇게 마음을 오픈해 보렴. 내 감정의 핵심을 직접 전달하는 거야. 더 이상 가리지 말고. 너무 두꺼운 가면으로 자신을 묶어 놓지 말자. 앞으로 다양한 가면을 쓴 모습을 보게 될 거야. 때론 '버럭'으로, 때론 소심하게, 때론 완벽하거나 독선적인 모습으로. 곧 나의 모습이고 친구의 모습이겠지. 진심이, 진짜 내 모습이 어떻게 가려지는지를 살펴보면 거기서 자유로워지는 방법을 알 수 있을 거야. 자연스럽고 멋스럽게 성장하는 나의 모습을 기대해보렴.

오늘도 화가 나서 소릴 질렀습니다.

이유는 단순합니다. 우유가 없어서 엄마에게 사다 달라고 했는데 엄마가 시장에 갔다가 우유를 까먹고 오셨다는 거예요. 갑자기 화가 나서 "그런 것도 하나 못 챙겨!"라며 소리를 질렀어요. 그랬더니 방에 있던 누나가 나와서 "뭐 그런 것 갖고 화를 내? 살 게 많으면 잊어버릴 수도 있지!"라고 하는 거예요. 그 말에 짜증이 나서 누나에게 반말로 "남 일에 신경 꺼!"라고 했어요. 그러다 더 크게 싸웠구요.

어제는 친구가 한 말에 기분이 상했어요.

무슨 말이었더라… 잘 기억나지는 않지만 암튼 저를 무시하는 말이었어요. 그래서 멱살 잡고 주먹을 날릴 뻔했는데 다른 친구가 말려서 겨우 참았어요. 가끔 책상도 내려치고 주먹으로 벽을 칠 때도 있어요. **이러다 진짜 사람을 칠까 겁납니다.**

사실 생각해보면 별일도 아닌데, 그때는 참을 수가 없더라구요.

한 번 화를 내면 계속해서 화가 나요. 미친 사람처럼 고함을 질러서 식구들이 다 놀란 적도 있어요. 제가 또라이도 아니고. 왜 이러는 걸까요?

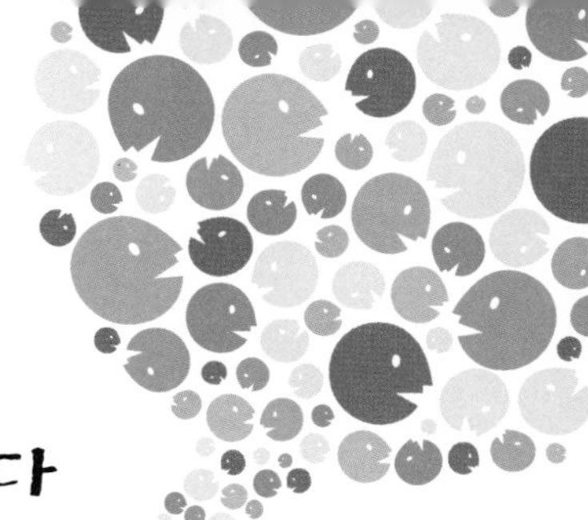

오늘도 나는 불끈 화가 난다
- 나는 버럭맨

탱탱볼을 친 적이 있니? 탱탱볼은 칠수록 더 위로 튕겨 오르기 때문에 탱탱볼이라고 해. 바람이 꽉 찬 풍선은 어떻지? 언제 '펑' 터질까 긴장감을 조성하잖아. 빵빵한 풍선에 날카로운 바늘이나 손톱으로 살짝만 건드려도 터진다는 것을 잘 알거야. 우리의 마음도 그런 거야. 빵빵하게 불어 있을 때는 살짝만 건드려도 터지는 거지. 이런 긴장감. 빵 터지는 소리. 불편하잖아.

만약 풍선의 묶여진 입구 아래(고무 탄력이 느슨하고, 주름이 많이 잡힌 주둥이 부분)에 바늘을 살짝 찔러 보면 어떨까? 피식 하고 바람이 빠지거든. 한번 실험해봐. 이 부분은 팽팽하지 않아서 바늘을 찔러도 바람이 부드럽게 빠져. 두 풍선 모두 팽팽했는데 터트리는 위치에 따라

바람이 달리 빠지지. 화도 마찬가지야. 우리가 어떤 방법으로 화를 내냐에 따라서 빵 터지지 않고 화를 뺄 수 있단다.

화 자체는 나쁜 게 아니야. 누구나 감정이 있기 때문에 화낼 수 있어. '화'라는 건 내 중요한 욕구가 방해를 받았다는 뜻이고, 내 소중한 것을 잃었다는 뜻이니까. 화를 내면서 지금 빵빵하게 부푼 마음상태를 풀 수도 있어. 문제는 화를 어떻게 내느냐지.

만일 화가 난다고 소리를 지르거나 때리거나 물건을 부순다면 어떨까? 그 행동으로 주변 사람들이 상처받겠지. 무엇보다 주변 사람들의 반응으로 나 자신이 더 초라해지고 이상한 사람처럼 느껴져 스스로 견디기 힘들지도 몰라. 화가 부메랑처럼 나에게 되돌아오는 거지. 때리면 더 올라오는 탱탱볼처럼. "내가 왜 이렇지"란 후회와 자신에 대한 실망이 되돌아오지. 그때 느껴지는 좌절감은 누구도 추스르기 힘들어. 그러니까 나를 위해서라도 화를 바르게 내는 것이 중요해.

우리가 버럭 화를 낼 때면
내 마음의 물컵이 '가득 찼구나' 하고 생각하자.
컵에 따른 물의 양이 많아서가 아니야.
그만큼 원래 컵에 있던 물이 많았던 거지. 화도 그렇단다.

만약 내 마음에 쌓인 것이 많다면 훨씬 쉽게 화를 터트리게 돼. 컵에 물이 가득 찼을 때 한 방울이 '똑' 떨어지면 물이 넘쳐버리는 것처럼. 우리 주변에 화를 유독 많이 내는 사람이 있어. 그 사람들은 대체 왜 그런 걸까? 어쩌면 어릴 적부터 부모님에게 '못났다는' 비교를 받았을 수도 있어. 누구에게나 인정받고 존중받고 싶은 마음이 있는데, 그 마음이 억눌리면 분노가 생기거든. "난 괜찮은 사람인데 왜 그렇게 못마땅하게 보십니까?"라는 마음의 소리가 겉으로 나오는 거지. 마치 화산이 폭발하면서 용암이 분출되는 것처럼.

만일 부모님께 용서를 받은 경험이나 긍정적으로 받아들여진 적이 없었다면, 내 안의 분노가 생각보다 클지 몰라. 자신이 작고 초라하게 느껴지는데, 혹시 그런 내 모습을 다른 사람에게 들킬까 봐 먼저 선제공격하듯 화낼 때도 많지. 혹은 부모님의 싸움을 많이 봤다거나 부모님에게 맞은 적이 많다면, 역시나 내 마음의 물컵이 '가득 차 있을 수'도 있다는 걸 명심해.

그러므로 기억하자. '화'를 터트리듯 버럭 낸다면, 그건 내 마음의 물컵에 뭐가 들었는지를 꺼내 보이는 것과 마찬가지라는 걸. 내 열등감, 내 불안정, 내 나약함을 여실히 보여주는 거야. 그러기를 진짜 원하는 것은 아니지? 이렇게 화가 쌓이게 된 것은 네 탓이 아니야. 하지만 버럭 화를 내며 푸는 방식을 택한 것은 너의 탓이야.

화가 나면 일단 숨을 크게 세 번 쉬어 보자. 세 번 가지고 안 되면 다섯 번, 열 번도 쉬어 보렴. 일부러 크게 웃어 보는 것도 좋아. 이런 행동을 하면서 우리는 시간을 벌 수 있어. 무슨 시간이냐고? 바로 화를 바람 빼듯 빼낼 수 있는 시간이지. 심호흡을 하면서 생각해 보자. 화를 내면 어떤 결과가 나올지를 말이야. 아무래도 부정적인 결과가 예측되면 이렇게 되뇌어 봐. "우선 여기서 나가자. 그리고 화가 가라앉으면 다시 와서 얘기하자" 이 말은 네 자신이 들을 수 있도록 소리 내서 해도 괜찮아. 정말 화가 나면 상대방에게 이렇게 네 마음을 표현해. "그렇게 하는 건 기분이 나쁘거든. 그러니 하지 말아 줘." 강하지만 소리 지르지 말고 얘기하는 거야. 화나는 속마음을 편지에 잔뜩 적은 다음에 그걸 찢어 보는 건 어때? 그 편지에 담긴 분노도 함께 없어질 거야.

링컨 대통령이 그랬다던데? 한 장군이 미국에 큰 손해를 끼칠 엄청난 잘못을 저질렀어. 링컨 대통령이 무지 화가 나서 '당신이 손해를 끼친 게 얼마인지 아냐'면서 저주를 퍼붓는 편지를 썼대. 그렇지만 그 편지를 붙이지는 않았어. 그걸 붙이면 그 장군이 상심하여 중요한 전쟁에서 지게 될까 봐. 장군 앞에서는 그냥 "이번 전쟁에서 장군의 역할이 큽니다. 잘 부탁합니다."라고 격려했다더군. 그 장군은 당연히 혼날 줄 알고 벌벌 떨었는데 링컨의 격려를 받고 힘내서 전쟁에서 이겼다고 해. 너도 그런 통 큰 사람 될 수 있어. 믿어 봐.

안녕하세요. 16살 여학생입니다. 다름이 아니라 제 성격 때문에 상담 받고 싶습니다. 저는 걱정을 자주 하고 별것도 아닌 거에 떨고 소심합니다. 상처도 엄청 잘 받는 편이에요. 화도 못 내고 마음속에 담아두고요. 제가 가장 고민하는 것은 바로 분명히 화를 내야 할 상황인데도 **친구들의 눈치를 보느라 아무 말도 못하는 거예요.**

솔직히 애들이 절 많이 무시하고 만만하게 보는데요. 거기에 적절히 대응하지 못해요. 언젠가는 친구가 저한테 '시험 끝나면 뭐 할 거냐'고 물어서 '노래방 갈 거야'라고 했는데요. 그랬더니 친구가 썩소를 날리며 "웃기고 있네. 노래도 못 부르는 게 무슨 노래방?" 이러는 거예요. 아~ 기분 정말 더러웠죠. 내 노래를 들어 본 적도 없으면서… 아니 노래를 못하면 노래방도 못 가나? 속으로는 이렇게 생각하는데 입 밖으로는 한마디도 못했어요.

심지어 제 생일에 애들에게 어딜 같이 가자고 말을 못하겠어요. 애들이 싫다고 할까 봐. 아니 싫다고는 안 해도 가고 나서 뒤에서 이러쿵저러쿵 욕할 수도 있잖아요. 원래 같이 다니던 사이가 아니면 같이 가자는 말을 못하겠어요.

제가 언제부터 이렇게 소심해졌는지 잘 모르겠어요. 초등학교 3학년 때 왕따를 당한 적이 있긴 해요. 그때부터 애들 눈치를 본 건지. 정말 제 성격을 고치고 싶어요. 어떻게 하면 될까요?

어떡하지? 자꾸 눈치가 보여요 - 나는 소심맨

너의 고민이 선생님도 참 공감돼. 나 역시 그런 고민을 한 적이 있고, 실제로도 상담실에 소심한 성격을 고민하는 친구들이 굉장히 많거든. 너희 반, 옆 반에 스스로 소심한 편이냐고 물어보면 아마 반 이상은 그렇다고 대답할 거야. 즉, 그만큼 소심함에 대한 공감대가 많다는 얘기겠지. 네가 이상한 것이 아니고, 너만의 문제도 아니라는 뜻이야.

우리는 자신감이 부족할 때 소심해져. 자신감이 부족하니 제 실력을 발휘하기 힘들어. 그러다 보면 결과도 좋지 않고. 단순히 자신감이 없는 것에서 점점 '나는 못한다'는 생각에 더욱 위축되는 거지.

혹 자신이 잘 소심해진다면 어린 시절을 떠올려 봐. 과거에 우리 부모님이 나에게 자주 간섭하거나 요구사항이 많지는 않았니? 부모님이 우리의 일을 대신해서 해주거나, 우리에게 무리한 기대를 바라는 모습에서 나도 모르게 주눅이 들었을 수도 있거든. 어쩌면 우리는 '나는 못해', '내가 과연 잘할 수 있을까'란 생각을 쭉 했었는지도 몰라. 부모님이 우리가 직접 선택하고 노력하는 과정을 지켜봐주시면 좋은데. 부모님 역시 불안한 마음에 그러셨겠지. 하지만 그렇게 되면 우리는 자신에 대한 믿음을 키울 수 없어. 쉽게 소심해지지.

샘의 친구가 결혼해서 아들을 낳았는데, 아이가 또래 아이들에 비해 대소변을 가리는 게 늦었어. 샘의 친구는 아이를 혼내며 '대소변을 가리도록' 고치려고 노력하더군. 친구는 아이가 걱정되었던 모양이야. 하지만 샘이 보기에 아이가 오히려 수치심을 느끼고 주눅이 들어서 더 못하게 될 것 같았어. 사실 친구의 아이가 그렇게 늦은 편은 아니었어. 다른 아이들이 너무 빨랐던 거지. 샘의 이야기를 듣고 친구는 아이를 다그치는 걸 멈췄어. 그 대신, 아이가 대소변을 잘 가릴 때까지 믿고 격려해주었단다. 물론 친구의 아이는 스스로 잘 깨우쳤어.

그렇다고 해서 모든 것이 부모님의 탓은 아니야. '가만히 있으면 중간이라도 간다'고 생각하는 내 안일한 태도가 소심함을 키웠을 수도 있어. 나의 신념이 항상 더 높은 기대(만족)를 원해서, 너무 부담이 되어 소심해졌을 수도 있어.

그런데 말이야. 사람들은 각자 자신 있는 영역과 없는 영역이 달라. 네가 소심한 성격 때문에 고민이라면, 내가 잘할 수 있는 영역을 더 찾아보는 게 좋아. 그 영역에서 더 노력하다 보면 자신감이 없던 영역까지도 상승하는 효과가 생겨. 왜냐고? 자신감은 말 그대로 '자신에 대한 믿음'이니까. 자신을 믿을수록 의욕과 도전이 생겨나게 되거든. 무엇보다 말이야. '내 속에 소심한 한 부분이 있어'와 '나는 뭐든 소심해'는 매우 큰 차이가 있어. 내가 소심한 부분이 있다고 해서, 네 전체가 못난 건 아니잖니. 그러니 특정 부분에 대해 소심해진다고, 나 자체의 모습을 고민할 필요는 없어.

네 소심함 속에는 침착함과 진지함이 함께 있단다. 나에게 함부로 대하는 친구에게 '욱하는 마음을 그대로 드러내기 전에' 한 번 감정을 추스르는 침착함, 그것을 결코 가볍게 생각하지 말도록 해. 그 마음에는 배려심도 함께 있지. 그 배려도 매우 귀중한 거야.

친구들 앞에서 어떤 말을 꺼낼지 고민이니?
눈치만 보고 위축되는 자신의 소심함이 싫다구?
그런데 말이야. 네가 소심하다면
그만큼 네게 잘하고 싶은 욕구도 많은 거야.
긍정적인 변화가 생길 가능성이 매우 큰 거지.
너의 소심한 마음을 너무 문제로만 보지 말았으면 해.

그래도 너의 소심함이 불만이라면 샘은 이 말을 해주고 싶어.

첫째 어떤 일이 인정받지 못하고, 성공하지 못하더라도, 우선은 해보라는 것. 둘째, 스스로 자신이 괜찮은 사람이고 좋은 점이 많다고 자화자찬 해보자는 것. 마지막으로, '원하는 목표만큼이 아니라 그것보다 조금 낮은 목표를 가지라는 것. 이 세 가지야.

친구에게 생일날 영화를 보러 가자고 했는데, 거절할까 봐 말을 못하겠니? 그렇다면 너의 목표는 무엇인지를 생각해 봐. 혹시 '친구들이 반드시 내 의견에 따르고 기쁘게 받아들여서 같이 가줘야만 한다'고 생각한 건 아니니? 그러다 보니 불안해지고 떨리는 거지. 내 목표가 친구들이 모두 가줘야만 하는 거니까. 그렇다면 목표를 낮춰 보렴. 친구들이 반드시 나와 같이 가야 한다는 것에 목표를 두지 말고, 내가 하고 싶은 말을 친구들에게 했다는 것 자체에 두자. 그 말을 친구들에게 스스럼없이 한 걸 칭찬한다면 어때? 얼마든지 말할 수 있지 않을까? 그러다 보면 친구 한두 명은 나와 같이 놀러 갈 것이고. 한두 명은 내가 선택한 영화가 만족스러울 수 있지 않을까. 그런 성공이 쌓이면 자신감이 높아지는 거야.

그리고 '어떤 것이든 모두를 만족시킬 수는 없다'고 믿어야 해. 네가 '영화 보러 가자'는 말에 친구들이 별 반응이 없다고 해서, 네 생각이나 말이 잘못되었다고 생각하지는 마. 원래 모두가 만족되지는 않아. 거절은 당연히 있을 수 있는 거란다. 반대로 나 역시 거절을 할 수 있듯이. 거절한다면 다음 대안을 서로 이야기해보면 그뿐이야. 그렇기 때문에 미리부터 '친구가 싫어하면 어떻게 하지'라고 걱정할 필요는 없단다.

REBT라는 상담이론을 만든 엘리스라는 심리학자는 키가 작고 못생겼대. 그래서 여자들에게 말을 걸지 못하고 항상 거절당할까 봐 두려워했지. 여자 앞에만 서면 말도 못하고, 버벅대며 행동을 제대로 못했어. 그래서 그는 자신이 여자에게 호감을 사는 남자가 되겠다는 목표 이전에, 먼저 여자 앞에서 말을 더듬지 않기로 해보자고 마음먹었어. 목표를 낮춘 거지. 어떻게 했냐고?

그는 일부러 여자에게 말을 걸어보았단다. 무조건 길에서 아무 여자에게나 말을 거는 거지. "내 이름은 엘리스입니다. 당신은요?", "오늘 날씨가 무척 좋네요!", "스카프가 잘 어울리네요!" 엘리스는 수없이 많은 여자들에게 말을 걸고 차이고를 거듭했어. 그러면서 자신의 버릇을 고쳐나갔지. 그 결과 자신이 못생기고 키가 작아서가 아니라 자신의 잘못된 신념 때문에 여자 앞에서 당황한다는 걸 깨달았어. 그 다음은? 물론 극복이지! 우리도 할 수 있어! 아자 아자!!
^^

나는 무엇이든 완벽해야 마음이 편하다.

영어학원에서도 단어를 잘못 썼을까 봐 한 단어를 몇 번씩 확인한다. 중요한 시험도 아니니까 대충 써서 내도 되는데. 때론 강박증이 아닐까 염려되기도 하다. 학교에서는 반장이라 빈틈을 보이지 않으려고 노력한다. 공부도 잘하고, 학교 규칙도 잘 지키고, 선생님 말씀도 잘 들어야 한다. 그런데 요즘 공부가 너무 하기 싫다. 미치겠다. 내가 공부를 못하면 우리 반 아이들은 나를 무시할지도 모른다. 반장이니까 당연히 공부도 잘해야 하는 것 아닌가. 근데 국어, 수학, 영어, 과학, 사회…. 모두 공부할 내용들이 너무 많다.

아~ 나는 또 왜 내 잘못이 아니라, 우리 반 아이들이 잘못해서 꾸중 듣는 것도 못 참는지 모르겠다. 우리 반이 지적받거나 못했다는 소리를 들으면 미춰~버릴 것 같다. 적어도 내가 반장인 이상 우리 반이 다른 샘에게 지적 받는 일은 없어야 한다. 그러니까 맨날 지적 받는 애들이 미워 죽겠다. 친구들은 가끔 나에게 대충하라고 충고한다. 하지만 나는 대충이 안 된다. 청소할 때도, 환경미화 할 때도 남들은 쉽게 하는데 나는 밤을 새며 고민하고 만든다.

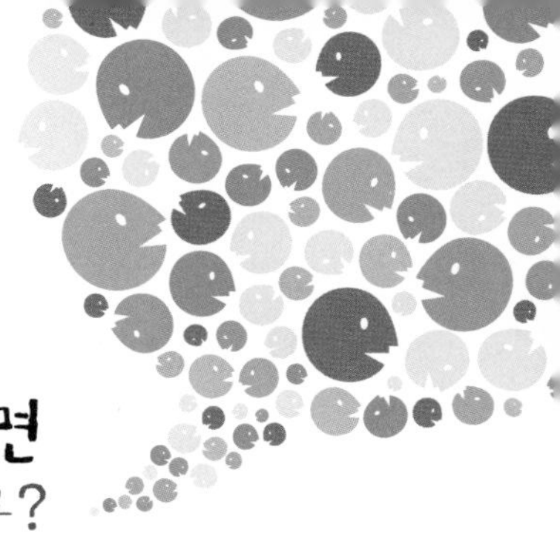

다 내 생각대로 딱딱 맞춰지면 얼마나 좋을까요? -나는 완벽맨

샘은 이런 생각을 할 때가 있어. 내가 신이면 얼마나 좋을까? 그럼 모든 일을 실수 없이 완벽하게 끝낼 수 있잖아. 하지만 인정해야 하는 사실은 나는 절대 신이 아니라는 거. 그렇다면 신이 아닌 내가 완벽하지 못하는 건 매우 당연한 거야. 문제는 완벽하지 않는 내가 완벽해지려 하는 것이지. 자, 다음 이야기를 한 번 보자.

엄마의 설거지를 돕기 위해 아이가 기특하게 나섰어. 물론 아이니깐 서툴렀지. 그런 아이에게 엄마가 "어휴! 이게 뭐니. 퐁퐁 거품이 다 안 빠졌잖아" "바닥에 물이 많이 튀었어" "행주는 이게 뭐야?"라고 일일이 지적했대. 아이는 그 다음부터 엄마를 돕는 일은 죽어도 하고 싶지 않았어. 왜냐하면 엄마를 도와봤자 '잘 못했다'는 말뿐이니까. 아이가 완벽하게 설거지 일을 배우도록 이렇게 지적하는 게 나을까? 아니면 엄마를 돕겠다는 아이의 마음을 감사히 받아들이고 아이가 서툴러도 다독여주는 것이 나을까? 어느 쪽이 다음을 위해 더 좋은 선택일까? 아니 그보다 어느 쪽이 더 행복해 보이니.

우리 주변에는 '완벽'을 기준으로 자신과 다른 사람을 힘들게 하는 사람들이 꽤 많이 있어. 누구든 '잘하고 싶고 인정받고 싶은 마음'이 있으니까. 완벽한 게 나쁜 것은 아니지만 그만큼 좌절하기도 쉬워. 완벽이라는 목표가 너무 거대하기 때문에 목표를 이루지 못할 때가 사실 더 많거든. 목표를 이루지 못하면 실망도 얼마나 크겠어. 어떤 상황이든 자신에게 실망하는 거야말로 정말 피해야 될 일인데 말이야. 그게 반복되면 화가 쌓이고 자신이 한심스럽고, 다른 사람도 싫어지게 되는 거야. 분노가 커지면 어떤 식으로든 공격성이 나타나. 혹은 정반대로 아무것도 하기 싫어지는 무기력감이 커지지.

엄마들은 샘에게 종종 이런 질문을 해. 우리 아이가 초등학교 때는 무엇이든 열심히 하고, 엄마가 시키는 대로 잘했는데 왜 중학교에 가고부터는 반항하고, 성적이 떨어지는 데도 게임만 하는지 모르겠다고 말이야. 물론 사춘기 반항심도 있을 거야. 하지만 어떤 일이 그 순간 때문에만 생기는 건 아니거든. 너희 생활이 반항적이고, 충동적으로 바뀌었다면 어쩌면 그동안 너희는 '완벽'이라는 기준만 보고 살았는지도 몰라. 완벽하게 못할 바에야, 차라리 아예 하지 말아버리자 싶은 생각을 한 건 아닐까?

완벽이 과연 아름다울까?
자로 잰 듯 빈틈없이 완벽한 것이 과연 행복한 결말만 가져올까?

아주 오래 전에 강남에서 일어났던 일이야. 한 엄마가 아이에게 반에서 1등을 하기를 원했어. 성공하려면 높은 목표를 삼아야 한다면서. 아이는 엄마의 바람에 따르려고 1등을 했어. 아이는 엄마가 매우 좋아해줄 거라고 생각했단다. 하지만 엄마는 잘했다는 말 대신 다음에는 전교 1등을 하면 좋겠다고 했어. 아이는 또 열심히 했지. 한 번에 전교 1등을 한 건 아니지만 결국 전교 1등까지 해냈어. 어느 날 엄마는 아이에게 미국 하버드 대학에 가야지 성공한다고 말했어. 아이는 또 노력해서 애써 하버드에 들어갔지. 그런데 거기까지였어. 반에서 1등을 해도, 전교 1등을 해도 하버드를 들어가도 엄마는 더 높은 기준만 요구할 뿐이었어. 아이는 몹시 좌절했지. 엄마의 기대에, 그 기준은 결코 끝이 없을 것 같았어. 결국 아이는 스스로 목숨을 포기했단다. '참 잘했다. 못해도 괜찮다.' 이런 말을 해주지 않은 엄마로 인해 자신을 희생한 거야. 스스로 자신을 포기해버린 아이가, 하버드 대학에 들어가면 행복할까?

그래. 우리가 완벽해지려는 건 어쩌면 주변의 높은 기대와 칭찬을 듣고 싶어서인지도 몰라. 완벽하지 않으면 혼나는 걸 두려워했기 때문인지도 몰라. 어쩌면 완벽해야지만 자신의 가치와 존재 이유가 빛난다고 여겼기 때문인지도 모르지. 내가 잘하면 잘할수록 부모님도, 선생님도, 주변 사람들도 더 좋아해주니까 말이야.

하지만 가장 중요한 것은 나 자신이 좋아해주는 것이야. '이 정도면 난 만족스러운데 아무래도 난 반장이니까 더 잘해야겠지?' 이런 생각은 절대 중요하지 않아. 중요한 건 바로 나 스스로의 만족도야. 내 스스로가 만족해야 지금이 즐겁고 뭔가 할 맛이 나. 공부든, 청소든, 뭐든 말이야. 꼭 완벽해야지만 좋은 결과를 불러오는 건 아니야. 앞서 이야기한 친구의 이야기처럼 말이야.

만일 스스로가 부족한 점을 인정하기 싫어하는 성격이라면 어떨까? 남들 앞에서 부족한 내 모습을 보이고 싶지 않아서 완벽하고자 애쓰는 사람들. 어쩌면 그건 나 스스로 느끼는 염려가 크고, 다른 사람의 비난을 면하기 위한 나만의 생존전략일 수도 있어.

사실 완벽하려는 성향이 좋은 결과를 많이 만들어 내기도 해. 더 잘하려는 나의 열정이 잘못된 것은 아니니까. 다만 이미 잘하고 있는데 더 높은 기준 때문에 마치 내가 못한 것 같아 보이는 게 문제지. 만족을 모르는 것. 그거야말로 힘겨운 게 없으니까. 만일 네가 불편하지 않으면 상관없어. 하지만 너로 인해 다른 사람이 힘들어하고, 그래서 너도 피곤해진다면 조금은 여유를 가져야 하지 않을까?

이제 '꼭 성공해야만 해', '꼭 잘해야만 해'라는 내면의 소리를 살짝 내려놓는 건 어때? '꼭'이 아니라 '되도록 잘하면 좋을 거야'라고 말하는 방식도 바꿔보렴. 의도적으로 말을 바꾸다 보면 생각에도 여유가 생길 거야. 혹 주변 사람들이 너를 강하게만 보고, 완벽하게만 본다 해도 그것에 연연하지 말았으면 좋겠어. 너 스스로 너의 연약함, 한계, 실수를 있는 그대로 보아주렴. 그러다 보면 주변 사람들도 너의 모습을 그대로 받아들이게 될 거야.

다시 말하지만 넌 신이 아니니까. 그러니 부정확하고 실수투성인 게 당연해. 그렇더라도 네가 그동안 애써 한 노력들, 과정들이 매우 소중한 거라는 걸 알았으면 해.

간혹 결정을 못 내리고 다른 사람의 의견에 좌지우지되는 사람들이 있어. 이런 모습에도 더 좋은 것, 더 완벽한 것을 갖기 위한 면이 숨어 있어. 자신도 모르게 완벽하려고 하는 거지. 아마 결정할 때마다 늘 갈등이 많을 거야. 어떻게 보면 신중한 것이기도 한데 그걸로 인해 스스로가 괴로워서는 안 되겠지. 네가 그러면 그럴수록 주변 사람들은 더 요구가 높아지거나 반응이 냉랭해질지 몰라.

이제 이렇게 해보렴. 무조건 자신에게 "좋아. 잘했어."라고 얘기해주기. 아주 사소한 일이라도 그렇게 말해주자. 완벽보다는 자기만족과 자신에 대한 믿음이 훨씬 중요하다는 것. 잊지 말자.

지금 남녀공학에 다니는 중학교 남학생입니다. 저는 친구들이 부탁하는 건 무엇이든 잘 들어줍니다. 무거운 것을 들어주는 것은 기본이구요. 여자애들이 남자애들에게 사탕이나 메시지를 전해달라는 부탁도 들어주고, 떡볶이를 먹으러 가면 물이랑 단무지 서비스도 해줍니다.

저랑 유치원 때부터 친구인 애는 저한테 나쁜 남자가 되어야 여자애들이 관심을 갖는다며 저는 너무 착하다고 합니다. 하지만 저는 착한 것이 편합니다. 친구들의 부탁을 거절하는 것이 더 불편합니다. 돈을 빌려달라는 부탁이든, 숙제를 도와달라는 부탁이든 거절한 적이 별로 없습니다. 한번은 몹시 피곤한데도 친구가 부탁한 음악을 편집하기 위해서 밤을 샌 적도 있어요. 그것 때문에 학원 숙제도 못하고, 늦잠을 자서 엄마에게 혼도 났지만요.

요즘 걱정거리는 친구들이 PC방을 가자고 하는데 거절을 못하는 겁니다. 사실 전 별로 게임을 좋아하지 않아요. 친구가 같이 가자고 하면 PC방에 같이 가게 됩니다. 거기서 친구들이 게임하는 것을 지켜보거나, 가끔 컵라면, 과자 심부름도 하면서 있어요. PC방에서 3시간을 넘게 있느라 학원도 빠졌어요. 저도 적당히 해야지 맨날 다짐하는데, 막상 거절하기가 쉽지 않습니다. 제가 거절하지 않는 것을 친구들이 악용하는 것 같기도 하고요. **어쩔 땐 제가 노예 같다는 생각도 들어요.**

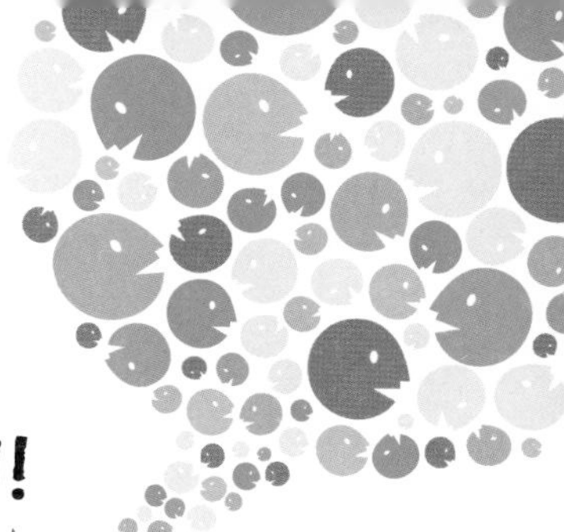

절대 "NO"는 없어!
부탁을 거절하는 게 제일 힘들어요!
-나는야, 예스맨!

당당하게 'No!'라고 말하고 싶은 마음을 샘도 잘 알 것 같아. 샘도 학창시절 자기 할 말을 다하고, 똑 부러지게 말하는 친구들을 보면 대단하다 생각했거든. 나도 그렇게 하고 싶었는데 사실 잘 안 될 때가 더 많았어. 그리고 지금도 반드시 'No!'라고 말해야 할 때면 힘들어. 그래서 꼭 거절해야 하는지, 상대방이 상처 받지는 않을지 얼마나 고민하는지 몰라. 사실 누구나 싫은 소리를 하고 싶지는 않아. 그러려면 큰 용기가 필요하고, 긴장을 하면서 겨우겨우 내 말을 전해야 하기도 하니까.

이것이 상대방의 눈치를 너무 많이 보는 것 같기도 하지만, 거꾸로 상대방을 배려하려는 마음이 있기 때문이기도 해. '나로 인해 상

갈등을 피하려고 무조건 'yes'만 외치다 보면,

우리는 관계에서 중요한 것을 잃고 말아.

바로 진정성. 자신의 진심에서 우러나오는 관계의 핵심 말이지.

친구는 물론이고 선후배, 이성친구, 가족와의 관계에서도.

대방이 편해지고 도움이 된다면' 하는 생각이 크다는 뜻이야. 하지만 이런 점이 지나쳐서 내 진심을 숨기고, 심지어 누군가에게 이용당하는 기분까지 느낀다면 별로 좋지 않은 것 같아. 성경에 이런 말이 있어. "뱀처럼 지혜롭되, 비둘기처럼 순결하라." 순수하고 사람을 사랑하고 진정성이 있어야 하지만 지혜롭게 자신을 지키는 것도 중요해. 사람들이 모두 내 맘 같은 것은 아니니까.

그런데 질문 하나 하자. 'No!'라고 말하지 못하는 건 내 안의 어떤 갈망 때문일까? 얼마 전에 상담실에 한 어머님이 찾아오셨어. 그분은 자신의 의견을 말하지 못하고, 당당하게 거절해도 되는 사항까지 못 거절해서 매우 힘들어하고 계셨어. 그분께 질문했지.

"누가 봐도 어머님이 힘들고 억울하신 상황이신데, 왜 그토록 속마음을 말하지 못하시나요? 마음에 분이 가득하신대도요. 무엇이 겁이 나는 거죠?"

그런데 그 어머님은 겁나는 것은 없다고 답하셨어. 그래서 하나하나 짚어가며 겁나는 상황을 점검했더니 어머님은 정말 겁이 나서 말씀을 못하는 게 아니었어. 혹 겁나는 상황이 생기더라도 그걸 뛰어넘을 대처방안을 가지고 계셨거든. 그런데 상담을 하면서 그분에게 간절한 열망은 '관계'라는 걸 알게 되었어. 사람과의 관계에서 거절을 당하는 게 싫으셨던 거지. 또한 내가 부탁을 들어주는 입장이 되면 더 우월해진다고 생각한 거지. 그분은 어릴 적 엄마에게 거절당하는 일이 많았대. 아마 딸이 많은 집에서 태어나서 이것저것 단속을 받으며 자라신 것 같아.

우리는 언제나 관계가 깨질까 겁내고, 좋은 관계를 위해 애쓰지. 그러려면 내 진짜 욕구를 참고 상대방의 요구에 맞춰줘야 할 것 같아. 내가 상대방의 부탁을 들어주면 마치 사랑을 받을 거라고 생각해. 혹은 내가 부탁을 들어줄 능력이 있는 괜찮은 인간이라고 착각하지. 그런데 사람은 자신의 욕구가 지속적으로 좌절되면 짜증나고 화가 나게 돼. 참고 참다가 어느 순간 감당하지 못할 만큼 짜증이 나서 자신이 더 당황하기도 해. '내가 왜 이런 작은 것에 화가 나지?' 하면서 말이야. 이렇게 자신의 욕구를 억누르면서 관계를 유지하는 게 과연 좋은 방법일까? 그 관계가 과연 오래 갈 수 있을까?

사실 '거절'한다고 해서 관계가 쉽게 깨져버리는 일은 거의 없어. 만일 내 '거절'로 관계가 단번에 깨져버렸다면, 그것은 그 관계가 굉장히 비정상적이었다는 것을 의미해. 그런 관계는 깨졌다고 해서 크게 속상해하지 않아도 된다고 봐. 존중이 없는 관계는 '지금의 거절'이 아니어도 언제든 깨질 수 있기 때문이야.

관계는 어느 한쪽만이 노력한다고 해서 유지되는 게 아니야. 관계를 맺는 사람 모두가 서로 노력하고, 의미 있게 여겨야만 유지되는 것이지. 그러니 내가 '거절'해서 관계가 깨진다고 생각해서는 안 돼. 관계가 깨지는 원인은 나와 상대방 모두에게 있는 거야. 내 거절 때문이 아니라.

그 어머님은 상담을 하면서 자신의 진짜 모습을 보게 되었어. 자신이 다른 사람과의 관계에서 이미 사랑받고 있고, 사랑받을 가치도 충분하다는 걸 깨달으셨지. 자신에게 문제를 해결할 능력이 있다는 것도 알게 되었어. 그런 자각을 하면서 어머님은 많은 눈물을 흘리셨단다. 자신의 진짜 마음을 알게 되어 기쁘게 집으로 돌아가셨어.

사람은 누구나 갈등을 피하고 싶어 해. 그러다 보니 '거절'로 인한 갈등이 두려워서, 무조건 남의 부탁을 들어주기도 하지. 예컨대 친구의 부탁을 거절하면, 이 친구와 갈등이 생길 것이 두려워서 무리하게 부탁을 들어주는 것처럼 말이야. 어쩌면 내 기질이 갈등 상황을 너무 견디기 힘들어하는 것일 수도 있어. 그럴 경우, 나에게는 원치 않는 부탁을 들어주는 것보다, 거절로 인한 갈등이 더 큰 스트레스가 되는 거야. 그런 스트레스를 줄이기 위해 스스로 'Yes 맨'을 택하지.

하지만 말이야. 갈등은 언제나 생겨. 관계는 갈등의 연속으로 볼 수 있을 만큼 우리는 크고 작은 갈등을 되풀이하면서 사람을 만나지. 중요한 것은 갈등을 두려워하는 것이 아니라, 갈등을 해결하는 기술을 배우는 거야. 물론 갈등을 서툴게 풀 수도 있겠지. 아니 갈등을 풀지 못할 수도 있어. 하지만 우리는 다음 갈등에서 더 능숙하게 대처할 수 있을 거야.

갈등을 피하려고 무조건 'yes'만 외치다 보면,
우리는 관계에서 중요한 것을 잃고 말아.
바로 진정성.
자신의 진심에서 우러나오는 관계의 핵심 말이지.
친구는 물론이고 선후배, 이성친구, 가족와의 관계에서도.

나는 왜 No를 못할까를 생각해보렴. 친구와 어떤 사이로 지내고 싶은지, 내 속마음은 어떤지 말이야. 친구가 나를 인정해주고, 허심탄회하게 내 의견을 말할 수 있는 관계를 그리고 있지는 않니? 그렇다면 이제 '아니오'를 연습해보자. 그리고 친구에게 진짜로 '아니'라고 말해보렴. 어려운 거 아니야. 그리고 생각보다 그렇게 큰 영향도 끼치지 않아.

어떻게 거절하면 상대가 기분 나쁘지 않을지를 연습해보는 것도 좋아. 그리고 생각보다 관계가 멀어지지 않는단다. 오히려 나를 이해하는 친구의 모습에 더 가까워질 수도 있어. 그리고 자신의 내면에 솔직해지자. 내가 무조건 남의 말을 따르면서 과연 편안했는지 생각해봐. 혹 우울해지거나 힘들다면 지금 나를 속이고 있는 거야.

평소에 나를 많이 표현해보자. 나는 떡볶이를 좋아하는지 싫어하는지, 나는 어떤 말에 기분이 상하는지, 지금 나는 무슨 생각을 하는지 등을 표현해보렴. 친구가 '떡볶이 먹으러 갈래?'라고 말할 때

혹시 햄버거가 먹고 싶다면 이렇게 이야기해보는 거지. “난 오늘 햄버거가 더 땡기는데.” 친구가 들어주지 않을까 봐 걱정하지 마. 내 의견을 표현하는 것 자체로도 큰 의미가 있어. 무엇보다 내 마음의 진짜 욕구를 무시하지 마렴. 친구와 함께 PC방에 가면서도 속으로 ‘아~ 엄마에게 혼나기는 정말 싫은데’ 하는 생각이 든다면, 그 생각도 존중 받을 가치가 있단다. 친구에게 “오늘도 PC방에 가면 엄마에게 엄청 혼나는데 난 다음에 갈게.”하고 말해봐. 거절은 당연히 가능한 거야.

A : 우리 이제 쫑 내자.

B : 무슨 소리야. 너랑 나랑은 베프잖아.

A : 나만 그렇게 생각했지. 넌 아니잖아?

B : 뭐야. 뭐가 아냐?

A : 네가 나를 소중하게 생각하지 않잖아.

B : 와~ 화난다. 네 마음을 열어서 보여줄 수도 없고.

A : 생각해봐. 3년간 너랑 친구하면서 네 비위도 다 맞춰주고 너 성질 더럽게 나올 때도 다 받아 줬어. 근데 넌 맨날 내 말을 무시하고, 네 멋대로 굴잖아. 한 번이라도 내 의견 들은 적 있어? 항상 네가 맞다고 우기고. 내가 실수하면 짜증내고. 네가 실수하면 그럴 수 있는 거니까 기분 풀라고 그러고. 도대체 넌 뭐가 그렇게 잘났는데?

B : 내가 언제 그랬어?

A : 이것 봐! 이것 봐! **자기가 늘 옳다고 박박 우겨 놓고선 그런 적 없대.** 내가 소중하다면서 그동안 내가 너 때문에 얼마나 짜증났는지 알지도 못하잖아. 나 너 때문에 상처 많이 받았어.

B : 아니… 무슨 상처가 됐다 그래. 내가 너를 언제 무시했다고?

A : 어휴! 미치겠네. 항상 너만 옳다고 하는 거 고치라고 했지. 내 말을 전혀 듣지도 않는 거야? 됐다. 지 잘났다고 그러는 애 나도 친구하기 싫다. 연락하지 마.

내 맘대로 우긴다고? 자기주장이 강한 것도 죄예요? - 나는 독선맨

A는 왜 친구 사이를 쫑 내자고 하는 걸까? B가 항상 A를 무시했다는 말이 눈에 띄는구나. A는 화가 나서 못 견디겠나 봐. 소중한 친구일수록 더욱 존중해주어야 하는데 A는 B에게서 그런 걸 느끼지 못했나 보다. 친구는 수평적인 관계잖아. 윗사람이 지시하고 밑에 무조건 따라야 하는 관계가 아니라 어깨를 나란히 하는 관계 말이야.

그래. 의외로 이렇게 왕처럼 행동하는 사람들이 많은 것 같다. 자기주장이 강하고, 어떤 일에 확신을 갖고 추진하는 것이 나쁜 것은 아니야. 이런 사람들은 잘 성장하면 훌륭한 리더가 될 수 있어. 리더는 의사결정에 있어 흔들리지 않고 자신감과 결단력이 있어야 하니까. 그래야 사람들이 리더를 믿고 따를 수 있어. 리더는 남들이

Yes라고 할 때 No라고 당당히 주장할 수 있어야 해. 그래야 따르는 사람이 혼란 없이 일을 해낼 수 있고 방향을 잡을 수 있을 테니까.

그런데 이런 사람들이 주의해야 할 것이 있어. 바로 자신을 너무 과신하는 일이야. 자신이 옳다고 믿고, 자기중심적으로만 행동하면 독선이 되어버려. 자신을 너무 믿으면 중요한 관계를 깰 수 있다는 걸 잊지 말아야 해. 아무리 옳고 확실한 일이라도 다른 사람을 깔보고 무시해서는 일이 제대로 될 수가 없어. 다른 사람의 말에 귀를 기울여야 하고, 나와 생각이 다른 사람을 기분 상하지 않게 설득하고 내 편으로 만드는 일도 해야 하거든. 나와 함께해주는 사람들이 있기 때문에 내가 빛나고 또 나를 나타낼 수 있는 거야. 그러니 다른 사람과 함께하는 방법을 꼭 알아야 한단다. 어쨌든 세상은 나 혼자서 살아갈 수 있는 것이 아니니까.

너의 일상은 많은 사람들의 도움을 주고받으며 살아가게끔 만들어졌어. 사랑하기 위해 그리고 사랑받기 위해 각자의 역할을 존중해야 해. 그러니까 세상 다 네 거라는 태도로 지내는 건 곤란해.

혹시 너 혼자 잘나서 이 땅에서 잘 살고 있다고
믿는 건 아니지?
네가 오늘 먹어야 할 쌀을 직접 만들고,
네가 직접 옷감을 구해서 옷을 만들어야 한다면 어떨까?

네가 이렇게 잘 생활할 수 있는 것은 네가 잘나서가 아니야.
수많은 사람들이 자기의 역할에 충실해서
우리가 일상을 무탈하게 누릴 수 있는 거야.

그런데 이런 독선적인 성향은 어떻게 만들어진 걸까? 왕처럼 군림하는 이들은 어쩌면 나약한 본 모습을 숨기기 위한 모습일 수도 있어. 자신의 실수를 인정하면 다른 사람이 나를 공격할 것 같아서 먼저 선제공격하는 거지. 나는 보이는 모습보다 더 작은 사람이기 때문에 그 실체를 알면 사람들이 나를 싫어할까 봐 두려운 거지. 그래서 내가 옳다고, 내 말만 들어야 한다고 행동하는 거야.

부모님이나 할머니 할아버지가 무조건 나를 왕처럼 떠받들어 줬다면, 내가 항상 맞다고 우기는 버릇이 생겼을 거야. 반대로 어릴 적 부모님에게 꾸중을 많이 들어서, 내가 옳은 사람인 것을 보이고 싶은 심리가 생겼을 수도 있고. 독선적인 태도를 취하면, 내가 맞다고 우겨야 하기 때문에 다른 사람을 늘 비판하는 태도로 대하게 돼. 자신을 지키기 위해 남을 비판하는 거지. 이제 A가 왜 B에게 '친구로 대해주지 않는 것 같다'고 느끼는지 알겠지?

이제 조금만 겸손해지면 좋겠어. 자신이 틀렸어도 인정하지 않아서 다른 사람을 피곤하게 만들지 않았으면 좋겠어. 네 주변의 사람들이 너를 떠나서 네가 더없이 외로워지기 전에 달라지자. 사실 조금만 겸손해지면 너 스스로가 굉장히 편하고 행복해질걸? 이제 왜 네가 옳은지를 변명하지 않아도 되니까. 왜 네 말을 들어야 하는지 그럴싸하게 포장하지 않아도 되니까. 조금만 겸손해지면, 네 딱딱한 긴장이 풀리는 걸 느낄 거야. 한결 가뿐한 마음으로 사람을 대할 수 있어. 겸손한 건 사실 어려운 게 아니야. 내가 틀릴 수도 있음을 받아들이는 거야. 내가 잘나고 똑똑해서 사는 게 아니라 사람들이 나를 받아주기 때문에 살고 있는 거라는 걸 인정하는 일이야.

하지만 하루아침에 겸손한 태도로 바뀌는 건 쉽지 않을 거야. '바뀐다는 것' 자체가 매우 어색하게 느껴질 테니까. 구체적으로는 작은 것에도 용서하는 연습을 하렴. 이미 너의 수많은 잘못들을 누군가가 너그러운 마음으로 받아준 것처럼. 그리고 너 자신도 돌아보면 좋겠어. 옛말에 "똥 묻은 개가 겨 묻은 개 나무란다."는 말이 있잖아. 네 옳음을 주장하기 전에 스스로 비난 받을 일이 없는지 돌아봐야겠지. 그리고 실수가 있다면 쿨~하게 "미안해"라고 말하면 돼. 그건 자존심 상하는 일이 아니야. 물론 진심을 담아서 얘기해야지. 그 순간을 넘기기 위한 '미안해'는 상대를 기만하는 일이야.

마지막으로 네 잘못을 애써 변명하고, 혹은 네가 옳다고 우길수록 사람들이 네 곁을 떠난다는 사실을 잊지 마렴. 진짜 왕이 되기 위해서 다른 사람을 품을 수 있어야 해. 다른 사람에게 내 생각과 주장을 펼쳐서 이해하게 만드는 과정도 중요하단다.

A – 진짜 울 학교 점심은 맛없어요. 핫도그도 나오고 가끔 돈까스도 나오는데요. 아 맞다, 떡볶이도 잘 나온다. 그때 빼고는 밥이 완전 맛이 없어요. 돼지죽도 이것보다는 나을 거예요.

B – 우리 학원은 숙제가 더럽게 많아요. 애들도 힘들어하는데 숙제를 엄청 내줘요. 안 하면 또 혼내고. 왜 돈 내고 이런 데를 다녀야 하냐고요!

C – 우리 누나 때문에 짜증입니다. 누나는 맨날 내가 초콜릿을 먹고 이가 다 썩으라는 건지 형들에게 받은 초콜릿을 나에게 다 줍니다. 자기 인기 많은 걸 자랑하는 것도 아니고.

A – 엄마는 센스가 없습니다. 다른 집 엄마는 아들이 얘기하기도 전에 ㅇㅇ점퍼를 사주고, 휴대폰도 최신형으로 갈아주는데 우리 엄마는 아무리 졸라도 들은 척을 안 합니다. 어쩌다 점퍼 하나 사주면 애들이 알아주지도 않는 브랜드로 사오구요. 아, 짜증~!!

B – 공부도 버거운데 왜 학교에서는 체험의 날이랍시고 이것저것을 하는지 모르겠습니다. 체육 샘은 맨날 운동장 돌라고 하고 스트레칭을 시키고… 그 시간에 영어 단어 외우면 좋잖아요?

왜 이렇게 맘에 안 드는 일투성이인지, 삐딱해지고 말테닷! - 나는 부정맨

혹시 '일부러 삐뚤어질 테다!' 이렇게 작정한 건 아니지? ^^; 세상이 다 짜증나고 불만투성이라 얼마나 힘들까. 이런 수많은 불만을 품은 너희의 터질 것 같은 얼굴을 보고 가족, 친구, 학교 샘들은 어떤 생각을 할까?

네가 허무주의도 아니고 염세주의도 아닌데 왜 그렇게 세상을 삐딱하게만 바라보는지…. 그래서 원하는 걸 얻고 있니? 네가 불편했고, 개선을 바란 상황들이 이루어졌는지 궁금해. 물론 한두 개는 얻었을지 모르겠다. 하지만 그렇게 끝없이 불평이 꼬리를 물면 네 삶이 너무 답답하고 지루할 것 같아. 결과적으로 네가 행복할 기회는 없어지겠지. 더 나은 개선을 위해서 목소리를 높여야 할 때가 있지만, 우선 네가 불평해서 행복하지 않다는 건 슬픈 일이구나.

가끔 불만족스럽고, 우리를 불편하고 힘들게 하는 일이 있어. 하지만 그것들 모두가 견디기 어려운 일은 아니지 않을까? 어쩌면 내 불평은 나만 그렇게 생각하는 것일 수도 있어. 만일 학교 밥이 진짜 돼지죽보다 못하다면 다른 친구들은 왜 그렇게 잘 먹는 거니? 너희 학교에 500명의 학생이 있다면 그 학생 모두가 학교 급식이 돼지죽보다 못하다고 믿을까? 학원에 다닐 만큼 공부에 열정이 있다면 숙제를 많이 내주는 것이 네게도 도움이 될 거란 생각은 안 드니? 누나가 초콜릿을 줘도 네 스스로 절제해서 일부만 먹고 나머지는 냉장고에 넣어놔도 될 거야. 어쩌면 누나는 너를 정말 아끼고, 공부를 열심히 하라고 격려하기 위해 주는 것일 수도 있잖아. 누나한테 물어보지도 않고 인기 많은 걸 자랑하려고 한다고 추측하는 건 오버가 아닐까?

어쩌면 너희의 불평불만은 가벼운 습관일지도 몰라.
조금 아쉬운 부분을 과장되게 불평하는 것은 아닐까?
누군가의 불평에 맞장구치다 보니
불만이 더 커졌을 수 있잖아.
아니 다른 걸 다 떠나서 그렇게 불평만 하는
'너의 그 모습'은 불만스럽지 않니?

설령 불평을 할지라도 그 문제를 어떻게 개선하면 좋은지 그 대안까지 생각해본 적이 없다면 샘은 무척 안타깝다는 생각이 들어. 불평만으로는 아무것도 바꿀 수 없어. 누가 내 불평을 들어줘서 바꿔주길 바란다면 그건 아직까지 남에게 기대고픈 어린아이의 마음인 셈이야. 만일 그런 생각을 해본 적이 한 번도 없다면 샘은 그저 아쉽다는 말밖에 할 말이 없어. 너희는 그냥 부정적인 말과 불평만 하면 그만인 것처럼 끝내고 마니 말이야.

부정맨들은 스스로 욕심이 많다는 걸 인정해야 한단다. 욕심이 많으니까 불편한 일들이 많은 거거든. 또 부정맨 중에서는 다른 사람의 부정적 감정을 내가 대신 말해서, 사람들에게 인정과 사랑을 받고자 하는 사람이 있어. 나는 그렇게까지 불편하지 않은데 옆 사람이 그런 것 같으면 얼른 내가 먼저 표현해서 사람들이 나에게 집중하도록 만드는 거지.

쉽게 불만을 내뱉는 성향은 자신의 욕구를 잘 채우지 못한 적이 많아서 생기기도 해. 예컨대 어릴 적에 너무 먹고 싶었던 떡볶이를 자주 못 먹었다고 해보자. 부모님은 네 건강을 위해서 떡볶이를 못 먹게 한 거겠지만, 나는 내 욕구를 알아주지 못한 것이 섭섭했을 거야. 그런 경험들이 많아지면 매사 부정적으로 보게 되는 거지. '좌절 인내력'이 낮아서 불만족스러운 상황을 잠시라도 참지 못하고 충동적으로 행동하는 성향이 되기도 해. 그런 너를 좋아해줄 사람은 많지 않아. 점점 외로워지고 싶은 건 아니겠지?

네가 어느 쪽이든 이것만은 기억하렴. 네가 말하는 순간 그 말을 제일 먼저 듣는 사람은 네 자신이라는 걸. 왜냐하면 말이 입에서 만들어지는 게 아니니까. 처음은 네 마음에서 시작되는 거야. 네 마음이 너의 뇌에게 전하고, 뇌가 입 밖으로 말을 내뱉도록 명령하는 과정에서 너는 수시로 그 말을 듣게 되지. 욕이든 불평이든 네가 가장 먼저, 가장 많이 듣게 돼. 그러다 보면 내 삶의 만족감은 당연히 떨어지겠지. 뭐든 불평불만을 하다 보니, 만족이 덜한 일에는 참여하지 않게 될 거야. 그만큼 누리는 것과 즐거울 일도 적어지고 인생이 재미없어지겠지. 네가 불평한다고 행복이 찾아오진 않는단다. 말만으로 문제가 바뀔 거라면 벌써 몇 십 번은 바뀌었겠지.

이제 이왕 할 말이면, 즐겁고 긍정적인 말로 바꾸어 말해 보렴. 이런 식으로 하면 되는 거야. 아주 목이 마를 때 말이다. "물이 반밖에 없네."와 "물이 반이나 있네."는 큰 차이가 있어. 앞의 말은 절망의 감정을 전해주지만, 뒤의 말은 희망의 감정을 안겨주거든.

네 삶에 희망을 주고, 비타민을 줘서 싱싱하게 만드는 책임은 네게 있는 거야. 상황이 어떠하더라도 네가 해석을 어찌 하느냐에 따라 삶은 달리 열리거든. 불평이 생길 때는 스스로 논리적인 반박을 해보렴. 급식이 진짜 돼지죽처럼 못 먹을 만한 건지 합리적이고 객관적으로 반박하다 보면, 유쾌한 해석이 나올 거야.

사실
아무에게도
말 못한 진짜 고민은
따로 있어요!

저처럼 한심한 사람이 또 있을까요? 친구들이랑 게임을 한 판만 하기로 했는데 4시간 동안 게임하다 아빠한테 끌려왔어요. 혼날 때는 '절대 그러지 말아야지. 내일부터는 진짜 안 한다' 이렇게 마음먹어 놓고 바로 또 PC방으로 향해요.

미친놈!! 욕해도 바뀌는 건 없고. 내가 이렇게 의지력이 약한 놈이었나 하는 생각도 듭니다. 매일 집에 들어가겠다고 약속한 시간을 어겨서 부모님께 신뢰를 잃은 지는 한참 되었고요. 이제는 아빠와 엄마가 돌아가면서 저를 찾으러 다니세요.

아!! 시험이 1주일 남았는데… 공부해야 하는데… 도서관 가야 하는데… TV 앞에서 죽 때리고 있네요. 드라마를 다운받아 보고 예능 프로그램 보고 시간이 훌쩍 지나갔습니다. 오늘 같은 휴일. 맘만 먹었으면 공부를 꽤 했을 텐데 이걸 날려 버리다니 얼 빠진 게 분명합니다.

전 정말 한심해요. 친구들이 하자는 건 다 해야 하고, 곧 왜 그랬을까 후회해요. 언니는 별 사고 없이 사춘기를 지났는데 전 사건의 연속이에요. 어제도 학교에서 친구랑 화장하고 화장실에서 옷을 갈아입다 걸렸어요. 휴~ 학생부에 불려가서 무지 혼나고 벌점 받았는데….

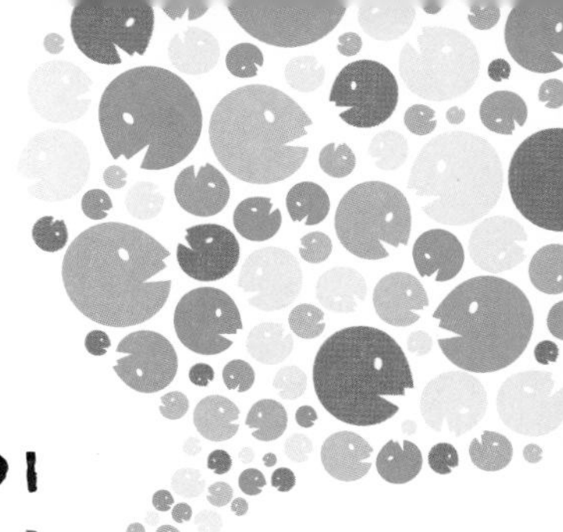

이렇게 수많은 유혹들이 우리를 흔들잖아요!

휴~ 하루에도 얼마나 수많은 유혹이 우리를 설레게 하고 떨게 만드는지. 안 되는 걸 알면서도 유혹에 넘어가 후회했던 적도 한두 번이 아니야. 계획대로만 딱 딱 되면 얼마나 좋을까. 그런데 유독 '안 된다'고 하니까, '하지 말라'고 하니까 왜 그렇게 더 하고 싶은지 모르겠다. 어른이었다면 별로 나쁘지 않을 일들이 너희가 청소년이라는 이유로 얼마나 많이 걸리는지. 사실 스무 살 형이나 언니와 지금의 너희는 별반 차이도 없어 보이는데 말이야. 그래. 너희의 답답한 마음도 충분히 이해된다. 하고 싶은 것을 마음껏 하면 정말 신 날 텐데….

그런데 말이야. 어른이라고 해도 유혹에 당당해지는 건 아니란다. 사실 어른이 되면 더 많은 유혹이 시달려. 내일 출근해야 하는데 오늘 술 한 잔 하자는 친구의 유혹에 2차, 3차를 하다 새벽녘에야 들어오지. 아침에 일어나면서 후회가 밀려오고 회사에서는 지각에 아직도 술 냄새가 난다며 혼나고. 프로젝트를 마감해야 하는데 드라마 때문에 눈물 흘리며 시간을 통째로 날린 적이 어디 한두 번일까. 지금 글을 쓰고 있는 샘도 쉬고 놀자는 유혹 앞에 얼마나 많이 넘어지는지 모른단다.

신기하게도 말이야. '절대 하면 안 된다'라고 금기가 생기는 순간, 사람의 심리가 그걸 꼭 해보고 싶다는 생각이 피어나거든. 왜 있잖아? 엄마 아빠가 아직 이성 친구를 사귈 때가 아니라고 단언하면, 몰래 꼭 사귀어 보고 싶은 것처럼. 차라리 엄마 아빠가 대놓고 이성 친구를 사귀라고 하면 그렇게까지 애절하게 만나고 싶지 않을걸.

사람에게는 더 재미있고, 더 즐겁고, 더 자극적인 것을 추구하는 쾌락의 욕구가 있거든. 또 공허하고 허무한 마음을 다른 것으로 채우고 싶은 대체의 욕구도 있으니까. 너희가 무엇을 훔쳤다면 처음에는 공허함이나 허무감을 채우기 위한 시도였을 거야. 하지만 그 다음은 습관이 되고, 바늘도둑이 소도둑 되는 것처럼 더 행동이 대범해지는 거겠지. 너희가 TV를 하루 종일 보았다면 그건 스트레스를 대처하려는 또 다른 욕구이고, 공허함을 채우는 방편이었을 거야. 물론 너희가 청소년이기 때문에 어른을 흉내 내보려는 마음에, 어른

행동을 해보려는 욕구일수도 있고.

만약에 말이야. 한 순간의 욕구는 만족되겠지만, 그에 비해 너무나도 큰 대가를 치러야 한다면 어떨까? 그때 머리를 쥐어박고 바보 같다고 소리를 질러도 무엇이 달라지겠니. 샘이 아는 어떤 학생은 순간의 재미로, 친구들과 슈퍼마켓에서 물건을 훔치다 걸렸어. 근데 그런 절도가 누적되어 보호관찰까지 받게 되었단다. 아니 사실 이보다 더 큰 책임을 감당해야 하는 일도 많아. 무척 당황스러운 일이지만 그런 일은 누구에게나 생길 수 있어. 많이 힘들겠지만 그러면서 자신의 삶에 책임지는 법을 배우게 되겠지.

이렇게 꼭 직접 경험해보고 소중한 것을 잃어본 다음에야 무언가를 깨닫는 방식이 좋을까? 네 인생은 한 번밖에 없는데, 유혹의 대가를 치러내면서 보내기에는 너무 아깝지 않을까?

넌 한번 실험해보는 실험용 쥐가 아니잖아.
컴퓨터의 리셋처럼 금방 지우고 다시 시작할 수는 없잖아.
그래서 한 번만 더 신중했으면 좋겠어.
유혹에 넘어질 수는 있으나 그 책임과 대가가 너무 크니까.

샘은 어릴 적 너무 가지고 싶은 가방이 있었어. 빨강색 가방인데, 당시 샘 나이 대보다는 어린 스타일이라 부모님이 동생에게 가방을 주었어. 동생의 가방을 빼앗으면 안 되지만 가방이 너무 탐이 났어. 결국 가방을 내 것으로 만들고 싶은 마음에 작전을 짰어. 잠을 자면서도 빨간 가방을 갖고 싶다고 잠꼬대하는 척했지. 부모님은 '잠꼬대로 노래할 정도로 애가 정말 갖고 싶었나 보다'라고 생각하셨는지 다음 날 동생을 타일러 그 가방을 나에게 주셨어. 드디어 가방이 내 손에 들어 왔어. 근데 웃긴 건 막상 갖고 보니 금세 흥미가 떨어졌다는 거야. 색깔만 예뻤지 주머니도 별로 없고, 작아서 내가 쓰기엔 맞지 않았어. 퉁퉁 부어 있는 동생에게 다가가서 시큰둥하게 다시 줘버렸지. 동생과의 사이만 벌어지고 말았어. 유혹이란 게 그런 거야. 갖지 못해서 매력적이지 갖고 나면 바다에 쓸려 없어져 버릴 모래성 같아!! 아쉽게도 유혹과 충동이 그 모래성이 진짜인 것처럼 보이게 하지.

유명한 연구가 있어. '마시멜로 효과'라는 용어가 이 연구에서 만들어졌어. 두 그룹의 어린이들을 대상으로 마시멜로를 주고 누가 먹지 않고 오래 참는지를 지켜보았지. 꾹 참고 기다린 아이들에게는 더 좋은 대가를 준다는 조건을 걸고. 그런 다음 그 아이들이 커서 어떻게 되는지를 연구했어. 그 결과 눈앞의 마시멜로를 먹지 않고 꾹 참았던 그룹에서 나중에 사회적으로 유명인사가 많이 나왔대. 눈앞의 충동보다 더 큰 이득을 위해 참고 견딘 아이들이 커서도 좋은 성과를 이루었다는 것이지.

너희보다 조금 오래 산 샘의 경험으로 볼 때도 그렇고, 또 여러 상담을 해본 결과를 볼 때도 이 말이 '맞다'고 동의할 수 있어. 유혹 앞에 한 번 더 참는 것. 그것은 꽤 큰 보상을 선사해. 한 번밖에 없는 내 인생을 더 성공적으로 이끌고 싶다면 지금 조금 더 참아보자.

누구나 유혹받을 수 있고 그건 죄가 아니야. 하지만 유혹에 진다면 그 다음부터는 죄가 될 수 있지. 사회적으로 벌을 받을 수도 있고, 따가운 눈총을 받을 수도 있어. 무엇보다 내 자신이 한심해 보일 거야. 죄책감이 생기고, 다른 사람에게 비난을 들을까 불안하고 초조해질 거야. 그런 긴장감이 정신적으로 좋지 않아. 처음에 기대되고 설렌 유혹이 나를 지배하게 되면 이젠 벗어날 수도 없이 노예가 되어 버려.

그렇다면 유혹 앞에 좀 더 당당해지기 위해서 평소 어떻게 해야 할까? 만약 첫 유혹에 졌더라도 계속 되풀이 되지 않도록 마음을 다잡아야 해. 인정받고 싶고, 존중받고 싶은 욕구에 집중하면서 유혹이 주는 가짜 메시지를 구분할 수 있어야겠지. 다음과 같은 방법을 써보면 어떨까?

행동을 하기 전에 어떤 결과일지 예상하자

어떤 결과든 유혹을 따르는 건 결국 나를 함부로 대하는 일이야. 내가 PC방을 가서 게임을 했는데, 아빠한테 걸려 혼나고 믿음을 잃는다고 해보자. 내 신용을 스스로 떨어뜨리는 거잖니. 잃어버린 믿음을 회복시키기 위해서는 더 큰 노력과 시간이 필요할 거야.

유혹을 만날 때 어떤 결과를 가져오는지 예상해보렴. '엄마에게 혼날 거야, 담임에게 혼나겠지' 수준의 결과만이 아니라 치명적인 결과는 무엇일지 생각해보렴. 어쩜 가장 나쁜 결과는 나 자신을 믿을 수 없고 한심하게 여기는 것일지도 몰라. 유혹이 오면 그 결과 내가 얼마나 힘들고 어떤 나쁜 상황이 일어날지를 생각해보자.

맞설 수 없다면 피하자

유혹 앞에 맞설 자신이 없다면 핑계를 대서 피해보자. 핑계를 대는 것은 어쩌면 약해 보일 수도 있어. 하지만 진짜 용기는 내가 원하지 않는 일은 하지 않는 거야. 예컨대 핑계를 대고 친구들 사이를 빠져나와 학교 끝나고 PC방에 갈 여지를 아예 없애는 거지.

적극적으로 방어하자

만약 집에서 자꾸 야동을 본다면, 컴퓨터를 내 방에서 거실로 꺼내놓는 적극성! 집에서 TV를 볼 것 같으면 TV 리모콘을 아예 없애는 적극성! 너의 적극성을 보여줘!

일단 거절하고 뒤로 미루자

'딱 한 번만 하고 다음에는 말아야지' 하는 마음 따위는 절대 받아들이지 마. 오히려 "지금 안 하고 나중에 할 게"라고 스스로 말하렴. 남들은 몰라도 나는 아니까. 처음부터 타협하지 않는 걸로.

사전 예방을 하자

소를 잃고 외양간을 고치는 것보다 미리 막는 게 낫잖아. 스트레스가 높으면 유혹에 지기 쉬워져. 스트레스란 바로 마음이 '외로워, 공허해'라고 말하는 것이야. 그것을 채울 뭔가를 찾다 보면 치명적인 유혹에 넘어가는 거야. "심신이 튼튼해야 공부도 잘한다."는 말이 그냥 나온 게 아니란다. 그러니까 나만의 스트레스 해소법을 찾아보자.

또 마음의 부담감을 줄여야 해. 예를 들어, 공부해야 하는데도 놀고 싶은 건 공부에 대한 부담감이 커서인 거야. 공부해도 잘 안 될 것 같은 생각에 미리 마음 약해지는 경우가 많거든. 그럴 때는 공부를 아주 잘게 쪼개서, 내가 '할 수 있겠다'는 자신감이 생길 때까지 작게 만들어 봐. 영어 공부가 아니라 '오늘은 단어 20개만!' 이런 식으로 말이야. 이렇게 스스로 목표를 정해서 유혹을 이기는 연습을 해보자. 유혹에 더 강해지는 나를 만들 수도 있거든.

제 막내 동생은 고등학교 1학년 여학생이에요. 동생은 어렸을 때부터 좀 통통하기는 했는데 요즘 심각하다고 생각하는지 다이어트를 심하게 하는 것 같아요. 며칠씩 굶다가 못 참겠는지 왕창 먹어요. 그럴 바에야 굶지 말고 조금씩 먹으라고 얘기해도 듣지를 않습니다. 사실 막내 동생도 그렇게 뚱뚱한 편은 아니거든요. 며칠 전에는 화장실에서 요란한 소리가 나서 들어가 보니 먹은 것을 토하고 있는 것 같더라고요. 그렇게까지 해야 하나 싶고, 다이어트를 말려 봐도 동생이 듣지를 않네요.

전 요즘 거울을 보는 게 너무 싫어요. 우리 반에서 나만 뚱뚱한 것 같아요. 같이 다니는 친구들 사이에서도 저만 많이 먹는 편이구요. 몸무게도 제일 많이 나가는 것 같아요.
옷을 사러 갈 때 사이즈 큰 거를 달라고 하는 것도 왕 창피하고요. 내게 맞는 옷이 있어도 뚱뚱해 보일까 봐 자꾸 신경 쓰이고… 그래서 친구들하고는 절대 옷을 사러 가지 않아요. 모질게 마음먹고 다이어트를 해봐도 꼭 실패해요. 한 삼일쯤 잘 버티면 꼭 맛있는 음식 먹을 일이 생겨서 막 먹게 되고. 제 자신이 돼지같이 느껴집니다.

외모에 신경 안 쓸 수가 없는 우리만의 이유!!

어디 외모에 대한 불만이 이것뿐이겠니. 쌍꺼풀이 없는 눈, 짧은 다리, 오동통한 볼, 까만 피부, 난쟁이 키, 통통한 몸매, 주근깨, 삼각 코, 사각 턱, 덧니… 아마 외모에 대해서는 영원히 만족하지 못할걸. 자기 외모에 100퍼센트 만족하는 사람은 별로 없을 거야. TV에 나오는 연예인 대부분이 성형미인인 걸 알고 있지? 그들 역시 성형으로 자신을 꾸미는데, 그만큼 자기 외모에 만족하지 못한다는 이야기겠지.

외모에 신경 쓰고 가꾸려는 건 나를 더 멋지게 표현하고, 어필하려는 것이기도 해. 하지만 며칠씩 굶었다가 왕창 먹거나 억지로 토해내는 행동은 좀 생각해봐야 될 것 같아. 자칫 너의 건강을 해칠 수도 있거든. 게다가 극단적인 방식인 만큼 실패하면 더 극단적인 방법을 추구하게 될 가능성이 커. 그만큼 '네 자신을 바꾸고 싶은 열망이 큰 거겠지만' 너 자신을 해치는 행위가 되어선 안 돼.

음식을 먹고 토하는 걸 반복하다 보면 식도와 소화기능에 손상을 입게 돼. 속에서는 곪아서 제 역할을 못하는 데 겉만 화려하면 그게 무슨 소용이야. 오뚝한 콧날이 매력적이어도 성형 부작용으로 냄새를 맡지 못한다면 얼마나 절망적이겠어? 안 그래?

사실 외모의 기준은 절대적인 것이 아니고 상대적인 것이야. 네 다리가 통통하게 느껴지지만, 다른 사람이 보기에는 보기 좋게 쭉 뻗은 다리일 수 있잖니. 덩치가 큰 너의 체격이 싫어서 다이어트를 한다구? 훤칠하게 뻗은 너의 키를 다른 사람들은 얼마나 부러워하는데. 쌍꺼풀이 없는 눈이 고민이니? 외국인들이 너와 같이 길고 가느다란 외까풀에 얼마나 찬사를 보내는지 아니?

아름다움은 사람마다, 그리고 생각에 따라 다른 거야. 그러니 자꾸 다른 사람이랑 비교해서 내 외모를 깎아내리지 말자. 무엇보다 네 자신을 먼저 사랑해주는 게 가장 중요해. "나는 나니까", "나처럼 유일하고 개성 있는 외모가 또 있어?"라는 자세가 필요해. 사실 너만큼 유일하고, 너다움을 가진 존재가 이 세상에 또 없다는 게 얼마나 좋니. 무엇보다 그 자신감이 너의 외모를 더욱 돋보이게 한다구.

또한 외모는 나의 한 부분이지 전체는 아니야. 너라는 사람을 말할 때 외모만을 가지고 '너'라고 하지는 않잖니? 가끔 사람들은 상대방과의 만남에서 불쾌할 때 "개념 없어!"란 표현을 쓰잖아. 개념. 생각. 그런 건 외모하고 상관없는 그 사람의 또 다른 향기야. 아무리 아름다운 사람이라도 그 사람의 생각과 행동에 문제가 있다면 그 사람에 대한 인상이 달라져. 네 속에 있는 개념은 무엇이고, 생각은 무엇인지. 성격과 태도는 어떤지를 통틀어서 '너'로 보는 거야. 외모보다 '너'가 더 중요하단다. 네가 만일 많은 노력 끝에 완벽한 외모를 갖추었다고 해도 네 속이 꽉 채워지지 않고, 스스로를 좋게 보지 못한다면 여전히 너는 뭔가 부족함을 느끼고 불안해 할 거야.

외모에 대한 집착은 네 마음에 빈자리가 있다는 의미이기도 해.
내가 못났다는 생각, 나는 사랑받지 못한다는 생각,
이 빈자리가 외모로 채워질 거라는 잘못된 판단 때문이지.

예능프로그램 '무한도전'에서 방영된 코너 '못친소(못생긴 친구를 소개합니다)'를 알고 있니? 못생긴 연예인들이 나와서 자신의 외모를 보란 듯이 자축하며, 자신만의 특기와 매력을 발산하는 코너였지. 샘은 그 프로를 보며 감동을 받았어. 한 가수는 첫인상으로만 못생긴 친구 1위였는데 놀라운 가창력을 선보여 마지막 투표에서는 매력적인 친구로 등극을 했단다. 그런 반전은 누구에게나 있을 수 있어! 외모보다 더 중요한 너의 매력을 보여주자.

사실 내 마음에 빈자리가 없더라도 우리가 외모에 집중하는 건 우리를 둘러싼 환경 때문이기도 해. 우리 사회는 마치 외모만 좋으면 다른 것도 좋다는 외모지상주의가 퍼져 있지. 모델처럼 마르고 키 큰 외모가 절대적인 미라고 외치는 매스미디어가 우리를 자극해. TV에 나오는 연예인들은 하나같이 왜 그렇게 예쁜지. 우리의 눈은 현실이 아닌 늘 TV와 매체 속 환상을 향하게 되지. 하지만 그 화려함 뒤에 숨겨진 그림자를 안다면, 우리의 시각은 좀 달라질 거야. 종종 연예인들이 아름다운 외모를 위해 무리한 성형과 다이어트로 얼굴이 무너지거나 약물에 의존하게 되는 뉴스를 접하게 돼. 외모와 보이는 면에만 집착하다가 우울증과 공황장애를 앓는 일도 심심치 않게 일어나. 그런 삶이 과연 행복할까?

흠… 샘도 가끔 연예인의 아름다운 외모가 부럽다는 생각을 해. 하지만 연예인의 삶은 외모에 치중해 대중에 보여주는 것이고, 우리와는 많은 부분이 다르단다. 연예인의 기준에 맞춰 외모지상주의에 휘둘리고 싶지 않다면, 그 세계와 우리 삶을 동일하게 보지 말자.

외모에 집착할수록 자신보다 더 아름다운 사람만 찾아내며, 자신을 못났다고 여기게 돼. 자신의 멋진 매력은 몰라보고 말이야. 그런 시각이 바뀌지 않는 한 어떤 외모도 만족하지 못할 거야. 그러면 외모에 자신감을 갖기 위해 어떻게 해야 할까?

내 심리에 무슨 문제가 생겼나?

나에게 부족한 욕구가 있으면 그것을 '외모, 보이는 면'으로 채우려 들 수 있어. 자존감이 낮았던 선풍기 아줌마처럼 극단적인 방법으로 외모를 가꾸려고 할 수 있거든. 그렇다면 너에게 어떤 욕구가 부족한지부터 살펴보는 게 좋겠지?

인간에게는 중요한 5가지 욕구가 있어. 사랑과 소속의 욕구, 힘(성취)에 대한 욕구, 자유에 대한 욕구, 즐거움에 대한 욕구, 생존(안전, 건강)에 대한 욕구. 이 가운데서 어느 것이 부족할까? 예를 들어 부모님의 정서적인 지지가 부족하다면 너에게 사랑의 욕구가 부족한 거야. 부모님이 나를 너무 간섭한다면 자유 욕구가 부족한 거겠지. 친구들과 잘 어울리려고 했는데 잘 안 된다면 그건 사랑과 소속 두 가지를 다 말하는 거야. 이제 방법은 이 부족한 욕구를 먹는 것 말고 다른 방식으로 채우는 거야. 예를 들면,

① 사랑 - 부모님께 사랑의 문자 보내기 / 친구에게 먼저 다가서기

② 성취 - 옷 정리하기 / 요리하기 / 봉사활동

③ 자유 - 마음 놓고 산책하기 / 보고 싶은 만화 마음껏 보기

④ 즐거움 - 좋아하는 가수 콘서트에 가기 / 아이쇼핑 하기

⑤ 생존 - 아침에 10분 빨리 걷기 / 잠자기 전 스트레칭 하기

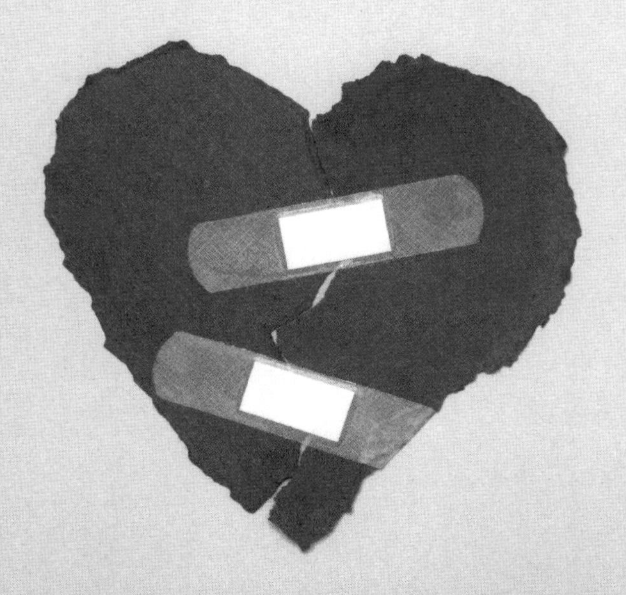

외모에 대한 집착은 네 마음에 빈자리가 있다는 의미이기도 해.

내가 못났다는 생각, 나는 사랑받지 못한다는 생각,

이 빈자리가 외모로 채워질 거라는 잘못된 판단 때문이지.

다이어트는 건강을 챙기며 하자구!

다이어트도 나에게 맞는 운동법, 균형 잡힌 영양 등을 고려해야 해. 너무 무리해서 건강을 잃지 않도록 균형을 잡는 것이 중요하지. 간식을 줄이고, 천천히 오래 씹는 식습관도 도움이 될 거야. 스트레스를 받으면 먹는 것 대신 운동이나 다양한 활동으로 풀자고.

치명적인 나만의 매력 발산을 기대해!

다른 사람과 비교하는 것은 이제 그만! 나만의 매력이 무언지 생각해보고 그걸 드러내보자. 친구의 말을 잘 들어주는 성격이라면, 친구에게 더욱 배려 있게 다가가. 아마 너를 더욱 따뜻하게 여길 거야. 만약 네가 활동적인 성격이라면, 여러 대외활동으로 너의 경험과 파워를 보여줘. 시원시원하고 활달한 너의 모습에 사람들은 멋지다는 생각을 할 거야. 무엇이든 좋아! 너만의 매력을 보! 여! 줘!!

단점도 당당하면 매력이 돼!

몸매에 자신이 없다고 움츠려 들면 더 예쁘지 않아. 차라리 당당하게 어깨를 펴는 게 너를 더 돋보이게 만들 거야. 덧니가 부끄럽다고 제대로 웃지 못하면, 사람들은 네 웃는 얼굴이 이상하다고 느낄걸? 그냥 활짝 웃어 보이면 사람들은 너의 덧니가 아닌 웃음을 볼 거야. 샘이 그렇게 해서 덧니를 귀여움으로 바꾸는데 성공했다는 사실.

발표할 때 떨리고 두려워요. 심장이 막 쿵쾅대고요, 등줄기에 땀이 흘러내리는데 앞에 아무것도 안 보여요. 밤새서 발표 준비했는데 망쳤어요. 말도 버벅거리고 무슨 말을 했는지 도통 기억나지 않아요.

시험 때만 되면 잠을 자지 못해요. 그렇다고 그 시간에 공부하는 건 아니에요. 공부도 안 되고 불안해서 잠도 안 와요. 그러다가 시험 당일이 되면 배가 아프고, 배 아픈 거 신경 쓰다 보면 답안지가 밀릴 때도 있고, 마킹을 제대로 못할 때도 있어요. 어떨 때는 며칠 동안 밤새 외운 단어가 하나도 기억이 안 나는 거예요.

이렇게 말하면 제가 애들에게 돌 맞을지도 모르는데… 그래도 제가 착한 남자거든요. 그니까 마음이 착한 게 아니구요. 키도 착하고 얼굴도 잘생긴 편이에요. 그런데 여자애들이 제게 다가오면 제가 받아만 주면 되는데… 사실 저는 여자 앞에 가면 돌처럼 굳어버립니다. 말을 걸고 내가 까도남이 아니라는 걸 알리고 싶은데 눈도 마주치지 못하겠구요. 그냥 아무것도 못합니다. 저도 여자애들이랑 친하게 지내고 싶은데 완전 까도남이 되었어요.

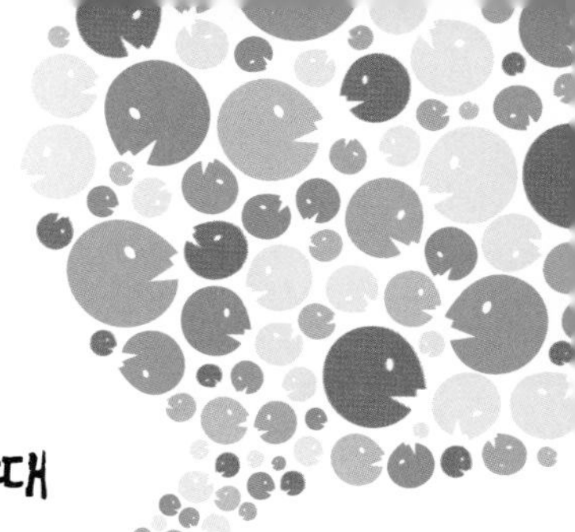

발표할 때, 시험 볼 때 심장이 튀어나올 것처럼 떨려요

제임스 아담스라는 상담학자는 인생을 살면서 "불안, 두려움을 다스리는 자가 가장 큰 승리자"라는 말을 했어. 그만큼 사는 동안 우리를 괴롭히고, 긴장시키는 게 불안과 두려움이라는 얘기지. 그런데 불안과 두려움은 우리에게 어느 정도 필요한 녀석이기도 해. 네가 불안해하며 그렇게 행동하는 이유는 너를 보호하고자 하는 마음 때문이거든. 그 방어 전략이 습관화되면 내가 위기를 넘기는 전략이 되는 거야. 하지만 이 방어 전략이 지나치게 작동하면 다른 문제가 생겨나. 옆의 이야기 같은 일들이 일어나는 것이지. 장점이 단점으로 바뀐다고나 할까.

긴장하면 배가 아프고 그래서 도망가고 싶니? 그것도 네가 생존하려고 애쓰는 방법 중 하나지. 연예인 중 광장공포증을 앓는 사람들도 모두 마찬가지야. 사람들이 무섭고 불안한 마음이 생긴다면, 거기에서 자신을 보호하고자 하는 마음에서 일어나는 현상이지. 사람들이 많은 곳에만 가면 숨이 멎을 것 같고 죽을 것 같은 신체화 현상이 나타나는 거야. 하지만 이렇게 위기 신호와 같은 불안, 두려움이 커서 오히려 헉헉거린다면, 우리의 방어 전략을 다시 생각해봐야 해. 숨을 고르기 힘들 정도로 두려움이 크다면 과연 두려움의 실체가 무언지 생각해봐야 해.

두려움이라는 건 다른 말로 말하면 '내게 중요한 어떤 것을 잃을까 봐, 이루지 못할까 봐' 하는 마음의 신호야. 그만큼 그 대상이 내게 의미 있고 소중한 것임을 감정과 마음이 이미 알고 있다는 뜻이지. 그런데 두려움에 힘겹다면 우리가 그 실체를 확대했거나 과장했기 때문이야. 실체는 작고 작은데 불안 때문에 점점 두려움이 커지는 거지. 예컨대, 축구를 하는데 나를 향해 공이 날아온다면 어떻게 해야 할까? 그 공이 무서워서 눈을 감는다면 피하지 못하고 맞겠지. 눈을 끝까지 뜨고 공을 보아야만 피하든 받아치든 할 수 있는 거잖아. 두려움에 대처하는 우리 방식도 그래야 할 것 같아. 두려움 밑에 있는 것을 찾아보렴. 그렇게 찾아내면 두려움이 줄어들겠지. 실체가 사실 별것 아닌 걸 알았으니까.

자, 이제 두려움의 실체를 보았다면 우리는 싸움에서 유리한 고지에 있는 거야. 이제 이기려면 전략과 전술이 있어야 해. 발표 울렁증을 예로 든다면 어떻게 전술을 세워야 할까? 먼저 발표할 때마다 네가 두려워하는 실체가 무엇인지도 알아야 해. 그래야 전략을 세울 수 있거든. 친구들이 나에게 집중하는 순간이 두렵다면, '발표할 때 친구들의 얼굴을 쳐다보지 않고 시선을 다른 데 두기'를 전략으로 넣어야겠지. 만일 발표를 잘하지 못할까 봐 마음에 부담이 쌓인다면 프레젠테이션 기술을 따로 익히는 전략을 세워 봐. PPT를 잘 만들고 구성하는 능력, 조리 있게 이야기하는 능력을 여러 번 연습하고 내 기술로 습득해야지.

그런데 말이야! 잊어서는 안 될 것이 있어. 바로 잘하지 못하고, 멋지지 않아도 괜찮다는 거야. 네가 서툰 것은 경험이 없어서이지 능력이 없어서는 아니야. 숨이 멎을 듯 두려운 발표도 여러 번 하다 보면, 자연스럽고 편안하게 느끼게 돼. 시험에 대한 불안도 모의고사 등으로 여러 번 연습하면 차츰 줄어들어. 여자아이 앞에서 자연스러운 네 모습을 보이는 것도 경험으로 극복할 수 있어.

certain parts of
through
of a specified
of the patien

그러니 서툴고, 남 앞에서 실수하는 걸 너무 두려워하지 말자. 전문가조차 실수를 하는 걸. 유명 아나운서가 처음 라디오 DJ를 할 때의 일이래. 음악이 끝나면 그 곡이 무슨 곡인지 소개해야 하는 시간인데 너무 긴장한 나머지 "여보세요"라고 말했대. 하지만 이제 그 아나운서는 많은 사람에게 사랑받는 DJ가 되었지.

초병은 실수할 수 있는 거야. 몇 번 실전에 나가면 감을 잡고 네 실력과 모습을 보일 수 있어. 그러니 몇 번의 실수는 그러려니 하는 태도를 갖자. 용병은 수없는 싸움에서 이긴 자야. 이기기 위해서는 무수한 싸움터에 나가야 되겠지. 그중 지거나 참패하는 일도 있을 거야. 그런데 거기에 마음을 뺏기면 두려움은 더 커질 거야. 두려움을 내려놓으려면 먼저 수없이 싸우는 경험을 가져야 한다고 생각해보자. 두려움에 이기려면 또 어떻게 해야 하는지 생각해보자.

까짓것 실패해도 괜찮아!!

옛날 전쟁영화를 보면 장군들이 외치잖아. "죽으려는 자는 살 것이요, 살려는 자는 죽을 것이다!" 그 말은 인생선배로서 말하는데 정말 맞는 것 같아. 진드기같이 붙어 있는 두려움을 이기려면 도망보다는 죽음을 불사하는 태도가 더 도움이 돼. 끝까지 두려움의 근원을 들여다보고 내가 잃을까 봐 걱정되는 것, 염려되는 것을 과감히 포기하는 마음까지 먹어야 해. 그래야 더 당당해지고 겁나는 실체를 공격할 수 있거든.

약점을 인정하고 공개하기

샘은 말을 빨리 한다는 단점이 있어. 말이 속사포처럼 빨라서 강의할 때는 사람들이 듣는데 많이 불편해 해. 그래서 샘은 강의할 때 그 점을 먼저 공개한단다. "제가 지성과 미모를 겸비했는데 한 가지 큰 약점이 있어요. 말이 무척 빠릅니다. 저도 모르게 막 빨라지는데 도저히 못 듣겠다 하시면 살짝 손을 들어주세요. 조정하겠습니다." 이 말을 해두지. 그러면 청중은 미리 마음의 준비를 하고 샘의 빠른 속도에 맞춰 들을 준비를 하거든. 결과적으로 샘은 사람들 앞에서 내 약점을 인정하면서 '잘하지 못하면 어쩌지'라는 두려움에서 벗어날 수 있었어. 약점을 솔직하게 보이는 것도 한 방법이야. 그럼 적은 그게 전부인줄 알고 싸울 기세를 낮추게 되거든.

한 템포만 느리게, 한 템포만 빠르게

이제까지 어떤 문제에 대해서 즉시로 적극적으로 해결해온 사람은 한 템포 느리게 진행해보렴. 내가 성급하게 문제를 해결하려는 데는 문제를 해결하지 못할 경우 생기는 상황을 마주하고 싶지 않아서 미리 해버리려는 심리가 있거든. 또 남들보다 먼저 서둘러야만 유리한 고지를 취할 수 있다는 생각도 있고. 하지만 그것 때문에 압

박감을 느낀다면 때에 따라서 다른 전략을 써보는 것도 좋아. 한 템포만 숨을 고르고 천천히 가보렴. 시험보기 전에 머릿속이 하얗게 변했다면 조급한 마음을 타이르고 천천히 문제를 풀자.

반대로 이제까지 천천히, 소극적으로 해결해온 사람은 한 템포를 빨리 진행해보자. 이런 사람은 두려움이 무서워서 포기하거나, 미룸으로써 소극적으로 자신을 방어하려는 심리가 있어. 느렸기 때문에 또 자신을 싫어하고 상처를 줄 수 있잖아. 한 템포만 빨리 가렴. 여자애랑 친해지기 위해서 고민하기보다 먼저 물건을 들어주고 인사를 건네 보렴.

처음 걷기 시작할 때 아마도 넌 큰 두려움을 느꼈을 거야. 하지만 엄마 손을 잡고 한 걸음씩 걷기 시작할 때 세상이 내 걸음 뒤로 움직이고 있다는 사실이 신기했을 거야. 두려움 뒤에 오는 신나는 짜릿함. 그것을 맛볼 수 있는 주인이 바로 너야. 쫄지 말고 당당하게 어깨를 펴고 마음을 펴고 Go~ Go~!

저 좀 말려주세요. 처음에는 이메일로 온 그림을 보다가 점점 보고 싶어져서 아무도 없을 때 웹에서 야동을 다운 받아서 봤어요. 그런데 **자꾸 생각나고 미치겠어요.** 어떨 때는 아는 누나가 꿈에 나타나서 저를 유혹하기도 합니다. 길 가다가도 쭉쭉빵빵한 여자를 보면 이상한 상상을 하고 제가 미친놈입니다요ㅠ.ㅠ 전, 흑~ 이것 때문에 공부도 안 되요. 어떻게 좀 해주세요. (중3 남)

우리 반 애들이 은밀한 파일을 이메일로 돌려 보는데요. 저도 좀 보내달라고 했더니 너 같이 어린 애는 안 된다고 합니다. 저 그렇게 범생도 아니고 애들보다 어리게 보이지도 않는데 친구들은 저를 어린애 취급합니다. 솔직히 말하면 아주 순진하게 생긴 녀석도 그 경험이 있다고 하는데 제가 보기에는 뻥인 것 같거든요. (고2 남)

외국 영화를 보면 야한 장면이 많이 나오잖아요. 진하게 키스하다 방으로 들어가는 장면을 보면 야한 생각이 들어요. 지금 좋아하는 여자애가 있어요. 전에 실수인 것처럼 가슴을 스쳐봤는데 기분이 묘했어요. 어떻게 해야 하죠? (중3남)

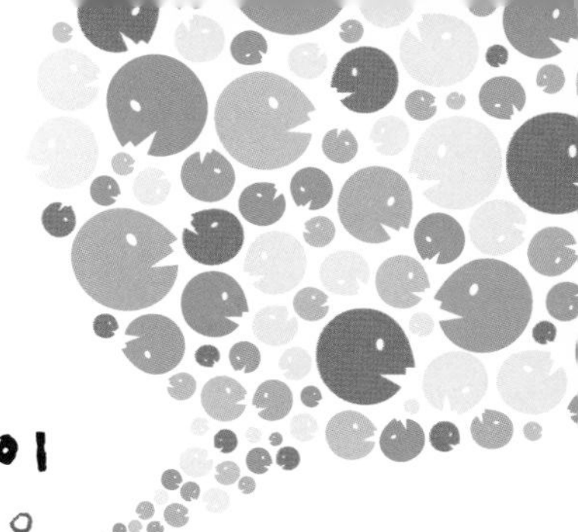

야한 동영상의 장면이 자꾸 생각나요

내 안에 꿈틀거리는 충동성이 견디기 힘들지? 그러면 안 되는데 강한 무언가가 나를 야수로 만드는 것 같은 이런 변화. 특히나 남학생들에게 이 변화가 무척 힘든 일이란 걸 샘도 이해해. 얼마 전 어떤 학생이 그런 얘기를 하더구나.

"샘 제가 이제 중학교 2학년인데요, 이렇게 꿈틀거리는 힘을 언제까지 참아야 해요. 제가 20살이 되려면 아직도 5년이나 남았는데 그때까지 참아요?"

그 친구의 고민이 느껴지면서도 그걸 참으려는 마음이 참 멋져 보였단다. 샘은 그 친구에게 이렇게 얘기했지. "모든 것이 가하나 모든 것이 유익한 것은 아니다"라고. 강력한 성 에너지를 무시하고 참으려니 얼마나 힘들겠니? 하지만 모든 것이 유익한 것은 아니거든.

물론 성에 대해 생각하고 상상하는 게 해로운 것은 아니야. 문제는 그 생각이 너무 강력해서 다른 것을 집중하지 못하고, 실제 해보고 싶은 마음에 사로잡힌다는 것이 문제지. 너희도 공감하겠지만 잘못된 성 충동이 사회적으로 물의를 일으키는 일이 많아. 엘리베이터에서 어린아이를 성추행하다 걸린 고등학생 뉴스 등. 아마 그 아이들도 처음부터 나쁜 사람으로 손가락질 받는 행동을 하려고 한 건 아닐 거야. 야동 등을 보고 실제 해보고 싶은 욕구를 참지 못했던 거겠지. 그러다 보니 마음속에 '양심'이라는 것이 무뎌져서 그랬을 거야. 양심은 타협하는 순간 무뎌지니까. '한 번 정도는 괜찮아', '만져보는 건 괜찮겠지?'라고 스스로 타협했겠지.

야동은 말이야. 처음부터 인간의 쾌락을 자극하기 위해 만든 거라서 실제와는 아주 달라. 모두 남성 입장에서 여성이 피해를 당하거나, 여성에 대한 잘못된 편견을 만들어내는 야동이 더 많거든. 상업적인 접근으로 말초적 신경을 자극하는 내용으로 구성되어 있기 때문에 너희도 동영상을 보고 난 뒤에 잔상이 오래도록 가시지 않는 거란다. 게다가 요즘같이 인터넷, 스마트폰이 발달한 시대에는 거름망 없이 동영상들이 유포될 수 있기 때문에 더 심각한 것 같아.

특히나 청소년은 이런 심각성을 분별하기도 쉽지 않고, 자제력이 낮아서 충동에 더 휘둘릴 수 있어. 너희 몸은 이미 어른이지만, 마음과 생각이 아직 어른이 아니기 때문이야. 성숙하게 자라서 모든 것을 책임질 수 있고 통합할 수 있는 능력이 있을 때까지 견디고 뒤로 미루는 노력이 매우 중요하단다. 무엇보다 '성'을 잘 지켜주길 부탁하고 싶어. '성'은 곧 나의 존재 이유이며 가치일 수 있으니까.

'성'은 사랑을 더 아름답게 만들고, 책임이 따르는 일이야.
그래서 존중과 신중을 바탕으로 이루어져야만 해.
그것을 담을 수 있는 그릇이 될 때 담지 못하면
깨질 수도 있어.

어릴 때부터 성경험을 하고 그것을 아무렇지 않게 생각하는 사람은 그만큼 감당해야 할 대가가 커져. 나와 상대방에게 상처를 입힐 수 있고, 또래보다 훨씬 큰 혼란스러움을 경험하게 돼. 그것이 거짓과 불안을 조장하고, 미래에도 영향을 줄 수 있지.

앞서 말한 '마시멜로우' 실험을 다시 생각해보자. 마시멜로우를 먹고 싶다는 충동에 금방 먹은 사람과, 인내하면서 정해진 시간을 지킨 사람. 이 두 그룹은 성장하면서 다른 결과를 보여주었어. 유혹을 잘 참은 친구들은 커서도 성공적인 일을 하고 원하는 꿈을 이뤘다고 해. 반면 유혹을 참지 못하고 금세 먹어버린 친구들 가운데는 알콜 중독자, 폭력배, 사기꾼이 통계적으로 많았다고 해. 유혹과 충동의 대가. 어쩌면 바로 치르는 것보다 살면서 내내 치러나가는 몫이 더 클 수도 있어.

샘이 상담실에서 만난 어떤 어른은 어릴 적 잘못으로 이웃집 누나에게 상처를 주었어. 그 경험으로 인해 어른이 되어 부부 관계에서 어려움을 겪고 있었단다. 또 어린 나이에 낙태를 고민하며 초조해하는 학생도 만나 보았단다. 임신이 되고 상대방 남자애도 모른 척하고 부모님께도 버림 받은 여학생도 만났어. 그들 모두 안정적인 관계에서 책임을 질 수 있는 시기에 성 경험을 한 것이 아니야. 그러다 보니 몸의 어려움, 마음의 어려움, 정서의 어려움, 관계의 어려움, 금전적 어려움을 겪고 있지.

아침부터 저녁까지 야한 생각이 수도 없이 떠오르겠지만, 자꾸 상상해서 욕구를 키우지 마렴. 자위 역시 깨끗하고 건강하게 안전한 상황에서 하는 것도 잊지 말고.

참! 여학생 중에는 남학생이 '나를 사랑하지 않는 것'이라는 말 때문에, 마음이 외롭고 공허해서, 거절을 잘 못하겠어서, 분위기에 취해서 성관계를 허락하는 경우도 많아. 조금이라도 아니면 당당하게 No!라고 말하렴. 그리고 그에 따른 책임을 꼭 떠올리자.

사랑이 더욱 무르익기 위해서는 예의가 필요해. 예의는 나를 사랑하고 남을 존중하는 것을 의미해. 나 자신을 사랑한다면 스스로 아끼는 길을 택하자. 내가 대접받고 싶은 만큼 이성에게도 그렇게 행동해야 해. 책임 있고, 예의를 갖춰서 예쁜 사랑을 하는 것이 중요하다는 것! 건강한 몸, 불안이 아닌 즐거움, 서로를 더 신뢰하고 더 행복해지는 사랑을 위해서 아름다운 성(性)을 만들자.

언제 성관계가 가능할까?

우리가 상처받지 않고 끝까지 멋진 행복을 누리기 위해서 다음을 꼭 생각해보자.

♡ 서로 충분히 합의하고 이뤄지는 것인가? 상대의 요구에 어쩔 수 없이 선택하는 것인가?

♡ 성 관계를 가져도 충분한 나이이고, 성관계 이후의 문제(임신 또는 심리적 부담감)들에 대해 온전히 책임질 수 있을까?

♡ 성관계를 갖기로 결심한 것이 나를 위해서인가? 아님 상대를 위해서인가?

♡ 성관계 이후에 상대에 대해서 또 나에 대해서, 나는 어떤 감정을 느끼게 될까?

♡ 아이를 낳아도 키울 준비가 되어 있는가?

♡ 아이를 원하지 않는다면 피임방법을 분명히 알고 있고, 언제든지 피임법을 사용할 수 있는가?

♡ 부모님, 친구들, 이후에 사귀게 될 어떤 사람에게도 떳떳할 수 있는가?

저는 고등학교 2학년 여학생이에요. 다름이 아니고 제 절친이 너무 명품에만 관심을 갖는 것 같아서 걱정이 돼서요. 사실 걔는 제가 부러워하는 예쁜 옷들이 많거든요. 그런데도 용돈을 모으고, 또 아끼면서 유명브랜드 옷을 자주 사요. 최근에는 가방에도 관심을 가져서요. 가방을 사려고 알바를 해야겠다는 말을 입에 달고 다녀요. 제가 알기로는 그 친구의 용돈이 그렇게 많은 편이 아니거든요. 아, 진짜 그 친구를 보고 있으면 걱정이 된다니까요. 쇼핑하느라 엄마랑도 엄청 싸운다고 하는데 학교에 새로 산 가방, 양말, 머리띠 등을 가져 와서 자랑하기 바빠요. 얘 좀 말릴 방법이 없을까요?

막내 동생이 벌써 스마트폰을 몇 개나 바꿨는지 모릅니다. 처음에 스마트폰이 나왔을 때부터 시리즈로 나오는 시기에 맞춰 계속 바꿉니다. 얼마 전에는 컴퓨터도 최고 사양으로 사야 한다고 박박 우겨서 결국 최고급으로 바꿔줬는데 이번에는 태블릿 피시를 사달라고 난리예요. 진짜 막내 동생의 요구는 끝이 없습니다. 자전거도 21단 산악자전거로 사야 하고 운동화도 유명 브랜드가 아니면 안 된다고 하구요. 문제는 저희 아빠 엄마가 동생한테 끌려 다니신다는 겁니다.

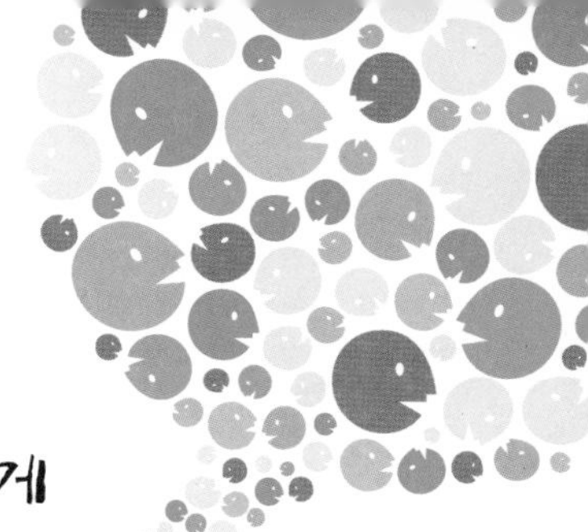

세상에는 사고 싶은 게 너무 많아요, 못 사면 스트레스 받아요!

미국의 정치가이자 저술가로 유명한 프랭클린은 어릴 적에 피리가 너무 갖고 싶어서 장난감 가게에서 피리를 사려고 했어. 가게 아저씨는 피리를 아주 비싼 금액에 팔았고 프랭클린은 드디어 피리를 샀다고 집에 와서 자랑했지. 하지만 형은 그 돈이면 피리를 4개나 살 수 있다며 혼냈어. 이걸 보고 있던 아버지가 "욕망에 사로잡히면 그 물건의 가치보다 비싸게 사는 법"이라고 얘기했단다.

좋은 것을 갖고 싶고 누리고 싶은 것은 인간의 자연스러운 욕망이야. 그 욕망이 때로는 얼마나 우리 눈을 가리는지를 알려주는 좋은 예화야. 우리가 그렇게 갖고 싶어하는 태블릿 피씨도 그것에 집착하다 보면 비싼 가격이나 단점은 보이지 않게 돼.

우리 주변에서 사기를 당한 사람이 연거푸 사기를 당하는 걸 볼 수 있는데 말이야. 사기를 치는 사람 눈에는 어떤 사람이 낚일지 보인다고 그래. 사기 당하는 사람은 자신이 갖고 싶은 욕망, 더 좋은 것을 누리고 싶은 욕망으로 인해 앞뒤를 가리지 않고 달려들게 된다는 거야. 이처럼 소비에 집착하다 보면 '갖고 싶다는 욕망'에 눈이 가려져 '나 잡아 드셔'라는 태도로 돌진하게 될 우려가 있어.

유명 브랜드를 사고 싶은 네 마음속에는
유명 브랜드로 치장된 나,
예쁜 액세서리로 꾸며진 또 다른 내가 있지는 않니?

만약 그렇다면 그것은 돈을 쓰고, 물건을 사면서 심리적으로 매우 낮은 내 모습을 감추려는 시도야. 스스로 보잘것없다고 생각될 때 나를 더 꾸미려 하고, 내 물건으로 내 존재 가치를 보이려 하는 거야. 그래서 쇼핑이나 아바타 꾸미기를 통해서 다른 사람이 되어보기도 하고. 내가 꽤 괜찮은 사람이라는 걸 사람들에게 보여 주려는 거지. 혹은 우울할 때 쇼핑에 집중하기도 해. 불안감, 외로움, 박탈감을 채우기 위한 보상심리로 쇼핑에 몰두할 수도 있어.

우리가 물건과 쇼핑으로 마음의 빈자리를 채우려는 것에는 부모님의 영향도 크단다. 부모님이 낭비하는 모습을 보였다면 혹은 뭐든

물질로 보상하고, 사랑을 표현하려고 했다면 너희의 소비 행동에 큰 영향을 미쳤을 거야.

무엇인가를 채워서 부족함을 달래고 싶은 마음은 잘 알겠으나, 소비와 쇼핑으로 채워서는 안 돼. 배고프다고 아무거나 허겁지겁 먹으면 배탈이 나는 것처럼 소비는 분명 다른 문제를 만들거든. 심해지면 쇼핑 중독이 되어서 많은 폐해를 가져올 수도 있어. 처음에는 십만 원도 떨면서 쓰다가 나중에는 백만 원도 별 것 아닌 것처럼 느껴지잖아. 마구잡이로 돈을 쓰다 보면 결국 적자가 나서 어떻게 돈을 메꿔야 하는 걱정도 하게 돼. 니 돈도 내 돈, 내 돈도 내 돈! 식으로 쓰게 되기도 하고 이 습관이 계속되면 당연히 빚도 지는 거고 부모님이나 형제들에게 큰 피해를 줄 수도 있어.

이런 심각한 문제 때문이 아니라 내가 더 아름다운 사람으로 잘 성장하기 위해서라도 균형 잡힌 모습을 갖도록 노력해야 해.

나만의 스타일 찾기

시대와 유행에 따라 무분별하게 쇼핑해 치장하기보다는 나에게 잘 어울리고, 나를 더 돋보이게 할 수 있는 것이 무엇인지를 아는 것이 중요해. 내가 돋보이기 위해서 외모만이 아니라 내가 잘하는 것이 무엇인지를 찾아봐야만 해. 작은 성공을 여러 번 겪은 후 자신의 잘하는 일, 좋아하는 일을 통해 자신감을 찾아보자.

3일만 더 버티기

물건을 사고 싶어 미치겠다면 심호흡을 하고 이 마음을 3일만 버텨보도록 하자. 그런 다음 지금 바로 물건을 사면 어떤 어려움이 생길지 예상해보자. 사실 내가 산 물건으로 인해 기쁨은 순간일 수 있어. 그 순간이 지나면 다른 물건에 또 관심이 가겠지. 그러니 그 관심을 잠깐만 유보해보자. 이 물건이 정말 필요한지, 나한테 어떤 변화를 전해줄지 3일만 더 생각해보자. 무턱대고 물건을 즉시 산다면 돈은 물론이고, 부모님의 걱정과 한숨, 나 자신에 대한 실망까지 이어질 수 있으니까.

요즘 경제적인 문제 때문에 가족끼리 뿔뿔이 흩어져 사는 사람들도 있잖아. 지금 내가 가지고 있는 것이 참 많다는 걸 되새겨보자. 내가 누리고 있는 것에 감사할 수 있다면 '무언가를 더 갖고 싶다는 마음'보다 행복한 마음이 먼저 들지 않을까?

아무리 채워도 밑 빠진 항아리에 물을 붓는 것 같은 시도를 그만하자. 겉으로만 화려하면 뭐하니? 그건 가짜인데. 나의 행복을 소비와 소유를 통해 찾아보려는 우리의 얕은 욕구를 직시해야 돼. 그리고 더 아름다운 가치를 향해 노력해보자. 네가 쇼핑에 쏟는 그 열정이라면 분명 어떤 일이든 가능하다고 생각해.

같이 다니는 애들 5명이 있는데, 두 친구가 저를 뒤에서 욕한 거예요. 그래도 저는 참고 있었는데, 제가 가장 좋아하고 비밀도 없는 절친이 제가 잘난 척하고 재수 없다면서 뒷담화를 하는 거예요. 그 친구만큼은 진정한 친구라고 생각했는데 어떻게 이럴 수가 있죠. 그 친구가 친구들이랑 이야기만 해도 제 욕을 하는 것 같고, 또 무슨 얘기를 하나 신경이 곤두서요. 그 이후로 다른 친구를 사귀더라도 제 얘기를 잘 안 하게 되요.

아빠는 술을 먹으면 악마처럼 변합니다. 집안 물건을 때려 부수고 엄마를 때리기도 합니다. 한 번은 아빠가 술을 드시고 주무시는 줄 알고 제가 전등을 끄려고 했는데 그 소리에 아빠가 일어나서 엄마를 때리는 겁니다. 결국 엄마는 집을 나가고 말았어요. 제가 쥐죽은 듯 가만히만 있었어도, 엄마가 그렇게 집을 나가지는 않았을 텐데. **자꾸 악몽이 떠오르고 아빠 방에 불이 켜 있으면 숨이 멎는 것 같아요.** 엄마가 보고 싶고 그립지만 죄송해서 만날 수가 없어요. 가끔 엄마가 집 근처로 우리를 보러 오시지만 저는 엄마를 모른 척하고 지나가요. 나 때문에 그렇게 된 거니까요.

자다가도 번뜩번뜩 떠오르는 나쁜 기억들, 거기서 자유롭고 싶어요!

몸서리치는 기억. 폭풍처럼 휘몰아치는 슬픈 감정 때문에 많이 힘들지? 샘도 믿었던 후배에게 뒤통수뿐 아니라 앞통수까지 맞은 적이 있는데 마음이 오래도록 아프고 힘들어서 한동안 사람들을 잘 대하지 못했어. 밝고 명랑한 샘이 사람들을 피해 다녔거든. 맨 처음 충격을 받았을 때는 지하철에서 내려 하염없이 눈물을 흘리기도 했으니까.

그래, 맞아. 때로 잊어버리고 싶은 삶의 아픔, 기억이 너무도 괴롭지. 그동안 참고 견디느라 얼마나 힘들었니. 그런데 내가 멋지게 빛나는데 꼭 필요한 일이었다고 생각하면 억울하고 화나고… 속상하고 슬픈 일을 좀 더 참아낼 수 있지 않을까. 때로는 그 기억이 그 지금 당장 하늘을 보렴.

나의 고통 때문에 놓치기에는 너무 파랗고 높지 않니?

그 멋진 하늘을 제대로 누리고 즐기기 위해서

오늘 나의 마음을 싱그럽게 만들어 보자.

렇게 나쁘기만 하지는 않는 것 같아. 그런 아픔 덕에 우리가 더 강해지기도 하니까.

샘이 지금껏 살면서 새벽녘에 일어나 꺼이꺼이 울면서 밤을 하얗게 지샐 정도로 억울한 일이 꽤 있었던 것 같아. 그때 그런 생각을 했어. 카메라의 '찰칵' 소리가 사람의 눈에서 나는 소리를 모티브로 했을지 모른다는 걸. 잠을 이루지 못하고 사람들에게 배반당한 수치와 모욕을 되새기며 버티고 있을 때, 눈을 깜박일 때마다 찰칵 소리가 나는 것 같았어. 억울한 상황이 눈앞에 한 장면씩 넘어갔지. 가슴이 타는 것 같고 입이 마르는 그 시간을 힘겹게 견뎌내야만 했어. 그런데 말이야. 아무리 후회하고 아파해도 더 나아지지는 않는 것 같아. 내가 잘했어도 다른 일로 억울하고 속상한 일은 생길 수도 있어. 네가 그 순간 다시 돌아간다고 해도 여전히 나는 완전하지 않고 아직은 덜 성숙한 존재이기 때문에 더 나은 방법을 택하지 못했을 거야. 그러니까 이제 부정적인 생각을 잘 떠나보내자. 그동안의 고통으로 충분해.

먼저 스스로 칭찬하고 감사하자

부정적인 기억 때문에 악몽을 꾸고, 친구들을 대하기도 힘들었지? 문득 그 장면이 떠오르면 괴롭고, 마음 문을 닫아서 네 속에 갇힌 적도 많았지. 네가 그런 고통을 인내하며 참아온 것이 정말 대단

해. 그렇게 저력이 있는 너를 칭찬해주렴. 그 부정적인 기억을 안고도 잘 버텨낸 자신에게 감사하자.

비합리적인 믿음을 가지고 있지는 않는지 생각해보자

왜 하필 나에게 이런 일이 있을까? 아마 부정적인 기억이 엄습할 때마다 이런 생각을 했을 거야. 억울한 마음은 이런 생각을 하면 더 커져. '나는 살면서 어떠한 고통도 받지 않아야 해'. '나는 좋은 사람을 만나야 해.' 객관적으로 보면 이런 생각은 매우 비합리적이야. 하지만 우리는 은연중에 이런 기대를 하고 살아. 그러다 보니 더욱 억울해지고 화가 나는 거야. "믿었던 친구가 나를 배반하지 말았어야 해." 그래. 친구의 배반을 경험하지 않았다면 더 좋았겠지만, 이미 그 일은 일어났어. 더욱이 친구는 나와 다르기 때문에 가치관, 태도, 생각이 같지 않을 수 있어. 어쩌면 그 친구가 뒷담화를 재미로 여기고 있다면, 아마 그 생각을 쉽게 바꿀 수는 없을 거야. 그러니 이미 일어난 일에 대해서 더 상처 내는 것은 그만하자.

우리의 비합리적인 믿음은 '나는 절대로 그렇게 해야만 해', '너는(또는 그 사람은) 꼭 그렇게 해야만 해', '내가 사는 세상은 반드시 그렇게 되어야만 해'라는 세 가지 의무감에서 나온단다. 이렇게 생각하면 건강하고 다양한 생각을 할 수 없어. 왜냐고? 세상은 내 뜻대로만 되는 건 아니니까.

이 생각을 바꾸지 않으면 우리는 남이 준 상처로도 모자라서 스스로 더 상처를 줄 수 있어. 나에게 이런 생각이 있는지 한번 돌아보자. 내 생각을 조금만 바꿔도 자유로워질 수 있거든. '절대로, 꼭, 반드시 그런 일이 생겨서는 안 돼!'가 아니고 '그런 일이 생길 수도 있어'로 바꾸어 보자. '그 애가 화내니까 다른 사람도 나를 싫어할 거야'가 아니고 '그 애는 화낼 만한 다른 일이 있었겠구나'로 생각해 봐.

'나는 어땠을까?'를 생각해보자

혹시 나는 다른 사람에게 이런 기억을 주지는 않았나 생각해 봐. 혹시 생각나는 일이 있으면 마음속으로라도 용서를 구해야겠지. 또 나에게 상처를 준 것은 상대방 잘못이지만, 그 상처 줄 자리에 가서 서 있었던 것은 내가 아니었나 생각해 봐. 어쩌면 그 상처를 주는 상황을 만들고, 상처를 주도록 허락한 사람은 내가 아니었을까? 이 생각을 하면서 원망하는 마음을 조금씩 누그러뜨릴 수 있을 거야.

'내가 어떻게 했었으면…' 하는 후회를 그만두자

네가 어떻게 하면 무엇이 달라질 수 있니? 상상 속 결말은 언제나 긍정적이고 이상적으로 끝나. 그만큼 현실은 아쉽기만 한 거야. 너의 행동이 어떻든 상황마다 항상 문제는 일어날 수 있어. 예측할 수 없는 문제들 말이지. 그 문제들은 너의 행동과는 상관없는 것일 수 있고, 네가 어떻게 할 수 없는 일들이기도 해. 그러니 과거의 너에게 말해주렴. 네 탓이 아니라고.

사람들은 과거의 기억 속에 죄책감을 집어넣어서 더 아파한단다. 죄책감은 나의 미안하고 아픈 마음을 나타내지만 가끔 심한 자책으로 몰아가 불안을 조장한단다. 방의 전등을 끈 행동에는 엄마에게 악영향을 끼칠 의도가 전혀 없었는데도, 마치 그걸 의도한 것처럼 느껴지게 되는 것. 그건 너의 자책으로 인한 결과물이지 진실이 아니잖아. 그러니 후회나 죄책감으로 상처를 더하지 말자.

용서를 해보자

그래. 용서는 쉬운 일은 아니야. 내 마음을 갈기갈기 찢어놓고, 나의 삶의 상당 부분을 망쳐 놓은 사람을 어떻게 용서할 수 있니. 샘도 쉽지 않은 걸 잘 알아. 그런데 용서는 나를 위한 치료제이기도 해. 몸에 상처가 났을 때 고름을 빼내면 상처가 더 잘 아물잖아. 그것처럼 마음의 상처에서 고름을 빼내 아물게 하기 위해 용서가 필요해. 힘든 것이기 때문에 억지로라도 해야 해. 그 사람을 위해서가 아니라 네 자신이 행복해지기 위해서.

그들이 사과하면 용서하겠다고 생각하지 마렴. 나에게 상처 준 사람에게 치료를 맡기기는 힘들지 않을까. 용서는 내가 선택하는 거야. 그들에게는 치료의 권한이 없어. 용서하는 대신 나는 자유를 얻는 거야. 잊고 싶은 과거로부터의 탈출!!

선택의 주체는 나란다. 내 앞에 두 가지의 선택이 있어. 긍정적으로 생각하느냐, 부정적으로 생각하느냐. 내 감정만큼은 내가 선택하는 거야. '나도 괴로워. 하지만 그 상황이 나를 힘들게 해'라고 오해하지 말자. 엄밀히 따지면 힘들게 받아들이는 것도 나야. 다시 말하지만 감정도 내가 선택할 수 있는 영역이야.

지금 당장 하늘을 보렴. 나의 고통에 비해서 너무 파랗고 높지 않니? 그 멋진 하늘을 제대로 누리고 즐기기 위해서 오늘 나의 마음을 싱그럽게 만들어 보자. 새 물은 새 그릇에~ 과거의 실패, 망신, 실수를 마음에 담아 두고서 좋은 기억을 담을 수는 없는 거야. 과거! 그까짓것. Good Bye~!

고등학교 1학년 학생입니다. 사는 게 재미없고 그냥 죽어버리면 어떨까 생각이 듭니다. 평소에는 별 일 없는 데 부모님께 혼나거나 안 좋은 소리를 듣게 되면 그때마다 죽고 싶다는 생각이 듭니다.

작년에는 죽는 게 어떤 건지 궁금해서 살짝 손바닥을 그어 보기도 했습니다. 피가 많이 났는데 순간 겁이 나서 이러면 안 된다는 생각이 들었어요. 그 이후 기분이 많이 가라앉을 때 또 이런 생각이 듭니다.

학교에서도 저는 별로 말이 없는 편이에요. 왕따를 당하는 건 아니고요, 제가 애들을 무시하고 있고 별로 섞이고 싶지 않습니다. 그래서 그런지 애들도 저를 건들지 않습니다.

수업은 재미없고 귀찮습니다. 엎드려 잘 때도 많고, 먼 데 바라보고 있어도 별다른 말썽을 부리지는 않기 때문에 선생님들도 그냥 지나치십니다. 집에 오면 누나도 부모님도 늦게 들어오셔서 혼자서 라면 끓여 먹고. 그러다 보면 밤이 돼서 잠자고 그럽니다.

부모님이 자주 싸우시고 가끔 아버지가 술 먹고 들어오면 집안을 발칵 뒤집고… 그럴 때마다 전 무심하게 반응합니다. 아무것도 하지 않고 방에서 나오지 않는 저에게 엄마나 누나도 뭐라고 합니다. 가만히 있는 저를 아빠도 욕하시고, 엄마도 욕하시고… 진짜 죽고 싶다는 생각이 많이 드는데 믿지는 않지만 도움을 요청해봅니다.

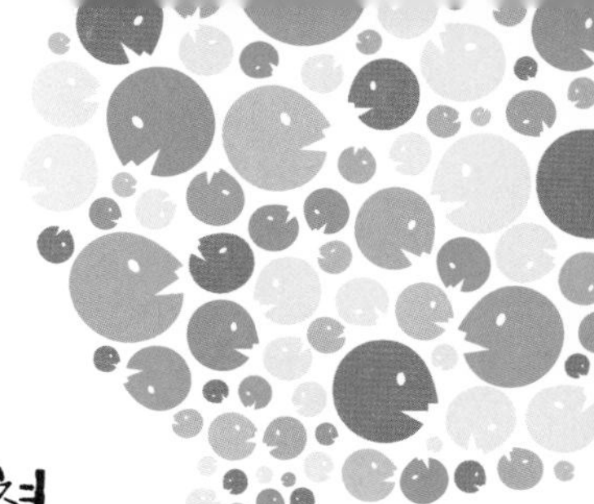

너무 지쳐 죽고 싶은 순간이 오면…

고맙다. 네 속에 있는 고통을 표현해줘서. 이런 마음을 표현하는 것이 쉽지 않았을 텐데. 사는 게 힘들고 눈물 날 때 이런 생각이 날 때가 있는 것 같아. 샘도 살아오는 동안 오늘 삶이 딱 멈추고 내일 아침 해가 안 떴으면 할 때가 있었어. 사방이 막히고 아무도 내 맘을 이해하지 못할 것 같은 때. 그런데 이런 순간은 나에게만 오는 게 아니야. 누구나 한 번쯤은 힘들어서 '죽고 싶다'는 생각을 하는 것 같아. 문제는 그 순간을 잘 이기느냐, 못 이기느냐지. 샘이 단언하자면, 잘 이기고 나면 그 순간을 웃으며 추억할 날이 온다는 거야.

부시 대통령 시절에 한국인으로 맨 처음 백악관 국가장애위원회 정책차관보까지 올라간 사람이 있어. 바로 강영우 박사님이지. 그

분은 시각장애인이야. 초등학교 시절 축구공으로 눈을 맞았는데 갑자기 시력을 잃어버렸대. 그런데 불행은 그것만이 아니었어. 그 시절 부모님도 돌아가시고, 불행이 연속적으로 찾아왔지. 돈도 없고 눈도 못 보고, 자신을 돌봐줄 사람도 없고. 박사님은 극단적인 생각이 들었어. 그 어떤 고통도 지금보다는 나을 거라고 생각했지. 죽음이 차라리 편한 선택 같았어. 내일은 그려지지 않는 미래였지.

하지만 박사님은 극단적인 생각과 싸우며 고통의 나날들을 버텨나갔어. 삶의 희망을 차근차근 잡아나갔어. 시각장애인으로서 미국 유학을 하고, 박사 학위를 따셨지. 외국인으로서 미국 고위 공무원이 되기는 결코 쉽지 않았을 거야. 하지만 너무도 고통스러워서 다 놓아버리고 싶은 순간을 딛고 오르는 것보다는 쉬웠을 거야. 그렇게 최선을 다해 살아 있기 때문에 그 삶이 더 빛나는 거라 생각해.

우울하고 무기력해지면 부정적인 생각이 엄습하지. 특히 너희 또래는 감수성이 예민하고 충동적인데, 그에 비해 조절능력이 떨어지고 자기중심적인 면이 강해. 그래서 더 극으로 치닫지. 삶을 놓아버린다는 극단적인 선택도 쉽게 해. 구체적 이유를 생각해볼까? 공부에 대한 좌절감과 부담감, 친한 친구와의 단절, 따돌림이나 폭력, 부모의 지나친 간섭과 잔소리 등이 심한 스트레스로 다가와. 무엇보다 내가 무가치하고, 문제를 해결할 수 없을 것만 같을 때 자살을 생각하게 되지. 그래서 나쁜 생각을 실행에 옮기기 전에 혼자서만 문제를 끙끙 앓지 말고 누군가에게 말할 수 있어야 해. 그 문제가 해결되지는 않더라도 적어도 함께 마음을 나눌 누군가를 만들어야 해.

죽고 싶다는 생각 대신, 일단 어떤 희망이든 만들어서 시간을 연장해보자. 그리고 나의 문제를 누군가에게 털어놓고 얘기해보자. 죽는 것은 언제든 시도해볼 수 있지만 나에게 긍정적인 희망을 주는 건 이때가 아니면 안 돼.

희망! 그건 큰 것이 아닐 수 있단다. 지금 겪는 삶의 문제가 해결되어야만 희망은 아닌 거야. 피자의 본고장 이탈리아에서 먹는 피자는 어떤 맛인지 알기 위해서 로마를 찾아가는 것처럼, 사소한 호기심, 궁금증, 내일에 대한 기대가 희망이 될 수도 있지 않겠니? 네가 살아야 할 거창한 이유가 없어도 괜찮아. 단지 새로 산 우산을 펴고 거리를 걷고 싶어서 비를 기다리기 위해서라도 살 수 있는 거야. 즐겨보는 예능 프로그램, 만화, 드라마의 다음 회차를 확인하기 위해서라도 오늘을 버티는 것이 필요한 거야.

아무 희망이 없어 보이는 네 일상과 주변에도
모래알 같은 희망이 산재한단다.
아주 작고 사소해 모래알 같지만, 잘 찾아 모으다 보면
힘든 고비가 지나가고 백사장 같은 큰 희망을 발견하게 돼.

우리가 자신을 가치 있게 여기려고 해도, 생각 깊은 곳에 이미 부모님이나 주변사람들의 평가가 찰떡같이 붙어 있어서 우리의 생각을 좌지우지해. 그 사람들이 나에게 했던 비난이 자꾸 생각이 나서 스스로 쓸모없다고 말하지. 그런데 정말 우리가 다른 사람의 비난과 평가처럼 쓸모없는 존재일까? 내가 정말 그렇게 무가치한 거냐고? 우리가 자살을 생각하는 건 어쩌면 지금이 사랑받고 싶은 내 욕구를 채우지 못하기 때문일 수 있어. 그렇게 해서라도 내 존재를 부각시키려고 몸부림치는 건지도 몰라. 그 욕구가 있다는 건 내가 쓸모없는 사람이 아니라는 반증이야.

죽을까 말까를 고민하는 대신 해결 방법을 적극적으로 개발하자. 나를 해치려는 에너지를 다른 사람에게 봉사하는 에너지로 바꿔보자. 네가 살아만 있다면 앞으로 어떤 인물이 될지 아무도 모르는 거야. 죽어야 할 이유보다 죽지 않아야 할 이유를 만들어 보렴. 그것이 긍정적으로 인정받는 방법이 아니겠니? 그것이 네 욕구에 솔직하게 반응하는 방법이야.

네가 무가치한 존재 같니? 내가 살아야 할 이유를 여전히 찾고 싶니? 그렇다면 그 이유를 알기 위해서라도 살아야 할 거야. 샘은 장담할 수 있단다. 네가 이 세상에 없어서는 안 될 존재라는 걸. 네가 살아 있는 것만으로도 충분해. 때로는 부모님의 기대가, 때로는 입시라는 제도가, 때로는 친구가 너를 괴롭혔을지라도 네가 살아 있는 한, 다른 희망을 품을 수 있고 네가 얼마나 근사한 존재인지 보일 기회가 있어. 네가 살면서 단지 세 사람에게 웃음을 주었다고 해보자. 그 세 사람도 너처럼 각기 세 사람에게 웃음을 전해주게 된다면 벌써 아홉에게 너의 웃음이 전해지는 거야. 너 하나가 세상에 미치는 영향력을 절대 작게 보지 마.

세상 많은 것이 너를 위해 준비되고, 너를 향해 애쓰고 있다고 믿어보렴. 너는 인정하고 싶지 않겠지만 너 한 사람이 참 귀한 존재란다. 그냥 떨렁 이곳에 떨어진 존재가 아니라 아주 섬세하게 만들어진 '나는 아직 완성되지 않은 최고의 작품!'라 기대하고 믿어보자.

저는 공부는 그렇게 잘하는 건 아니지만 그런 대로 잘 따라가는 편이었는데 언젠가부터 학교만 갔다 오면 아무것도 하고 싶지 않아요. 숙제도 하지 않아서 화장실 청소도 하고, 학원에 가도 잠만 자다가 와요. 엄마가 공부 좀 하라고 하면 짜증을 내고, 게임만 하게 되요. 엄마가 간식으로 주신 아이스크림을 먹고 껍질을 치우지도 않아요. 아침마다 엄마는 저를 깨우시는데 일어나기 싫어서 계속 '조금만, 조금만' 하다가 아빠가 화나서 매를 들면 그때 겨우 일어나요. 도대체 제가 왜 이런 걸까요? (중1 남)

제 친구는 반전이에요. 남자애들에게 인기도 많고 성격도 활발한 편인데, 집에 놀러 가면 장난 아니에요. 발 디딜 틈 없이 빼곡하게 옷이랑 양말이 널려 있구요, 귤 껍질, 휴지, 면봉 등 쓰레기가 여기저기 버려져 있어도 며칠째 그대로예요. 맨날 집에서 엄마랑 이것 때문에 싸운다고 하는데도요. 걔네 엄마가 늦게 들어와서 우리가 친구 집에 자주 가는데요, 우리가 좀 치우라고 해도 귀찮대요. (중2 여)

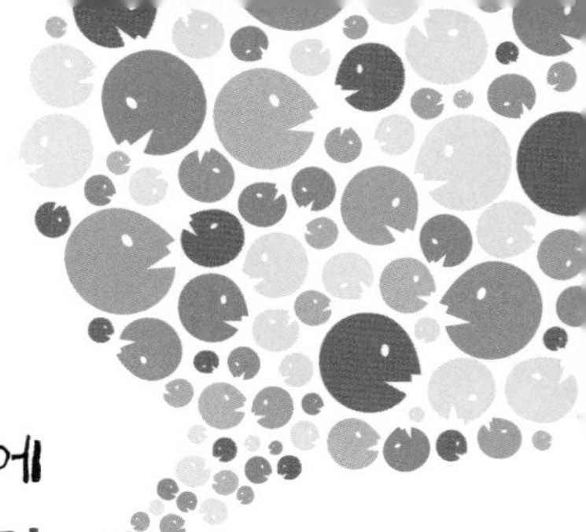

무기력한 삶에 열정 불어 넣기

마음의 감기 우울! 우울은 어둡고 침울하고, 울적한 기분을 말하지만 너희들의 우울은 어른들과는 좀 다른 것 같아. 학교도 잘 가고 놀 거 다 놀면서 친구들이랑 하하 호호 거리지. 그러면서 가면을 쓴 우울을 앓고 있을 가능성이 많아.

잘 지내고 있는 것 같은데도 어느 날 문득 우울해지는 건 아마 여러 이유가 있을 거야. 내가 괜찮은 사람일까? 내가 잘 지낼 수 있을까? 나 같은 사람이 어른이 되면 어떨까에 대한 불안이 수시로 엄습하기도 해. 겉으로는 아무렇지 않은 척해도 에너지가 떨어지기 때문에 무기력해지고, 그런 감정이 지속되면 우울증이 되는 거야.

우리는 스스로 우울하다고 거의 말하지 않아. 그래서 나 또는 친구가 많이 우울한지 잘 살펴보아야 해. 인터넷을 많이 하거나 성적이 떨어진다면, 아니면 친구관계가 나빠지거나 일상생활에 게을러진다면 우울의 신호일 수 있어. 또한 아침에 일어나기가 힘들고 많이 잤는데도 잠이 밀려오고 할 일을 미뤄도 우울하다고 할 수 있어. 내가 생각해도 짜증이나 반항성이 크게 늘었는지 돌아보렴. 이런 일이 심할수록 '아! 내가 아주 많이 우울하구나!'라고 이해해야 해.

이런 변화가 생기면 넌 아마 가족들과 많이 부딪히게 될 거야. 부모님은 너희들이 우울해서 그렇다는 걸 알지 못하실 테니, 잔소리와 꾸중을 하시겠지. 너희들은 그런 부모님에게 더욱 우울감을 느껴서, 이 악순환이 반복되는 거야.

무기력해지고, 아무 재미도 없을 때
'내가 지금 마음의 감기에 걸렸구나' 라고 알아차려야 해.
이 지독한 우울감이 오래도록 지속되면 빠져나오기 힘들거든.
감기가 심해지면 몸살이 되어버리는 것처럼.

물론 게으르고 무기력하다고 모두 우울증인 건 아니야. 이런 신호가 얼마나 겹쳐 나타나는지, 며칠 동안 지속되었는지를 살펴봐야 해. 이런 신호를 보일 때 무관심하고, 부정적인 말과 시선으로 대한다면 더 우울감에 빠지게 될 거야.

또 우울에 취약한 성격이 있기도 해. 완벽을 추구하는 성격, 민감한 성격, 의존적인 성격, 회피하는 성격이 우울감을 특히 잘 느껴. 마음 감기에 약한 사람이라고 이해하면 되겠지. 하지만 자신의 취약점을 알면 우울감을 느낄 때 살짝 비타민을 줄 수 있어.

우울을 예방하는 비타민은 무엇일까? 우선 내가 괜찮은 사람이라는 믿음이야. 자족하는 태도가 중요해. 자족이란 스스로 만족하는 마음이야. 우울할 때 만족하는 태도를 취한다면 한결 나아지거든. 스스로 만족하지 못하고 '더 해야만 해', "더 더~" 하다 보면 허망함과 공허함으로 우울해지거든. 단, 자족하라고 해서 컴퓨터를 지나치게 쓰는 내 모습을 괜찮다고 자족하면 안 되는 거 알지^^.

다음은 무모하리만치 긍정적이고 낙천적인 태도가 필요해. '잘하고 있어', '그럼! 내가 누군데', '곧 지나겠지!' 하는 생각을 해보자. 그런 다음에는 반드시 기분을 끌어올리는 행동을 해보자. 기분전환을 하면 스스로 되새긴 '잘될 거라는 믿음'이 더욱 확신이 들 거야. 신 나는 음악을 듣거나 상쾌한 공기를 마시며 걸어 봐. 빵집에 새로 나온 빵을 사먹거나 사람들을 만나서 재미나는 시간을 보내.

차의 바퀴 네 개가 한 방향으로 향하지 않으면 차는 어떤 방향으로든 움직이지 않아. 마찬가지로 우리가 우울을 예방하는 비타민을 주려고 한다면 '긍정적으로 생각하기, 자족하는 마음먹기, 행동하기' 모두가 방향을 똑같이 맞춰야 하는 거야. 혹시 마음은 먹었는데 말과 행동은 부정적이지는 않는지 돌아봐야 해.

마지막으로, 맡기는 태도가 필요해. 진인사대천명(盡人事待天命)이란 말이 있잖아. 이 말은 최선을 다하되 안 되는 것은 하늘에 맡기라는 뜻이야. 많은 일 중에는 최선을 다해도 안 되는 일이 있어. 내가 통제할 수 없는 일이지. 내 영역이 아닌 것을 받아들이고 과감하게 하늘에 맡겨보렴. 그리고 '퀘 세라 세라(Que sera sera)' 노래를 부르렴. 이 말은 '어떻게든, 무엇이든 되겠지' 하는 여유 있는 태도를 말해. 내게 어떠한 상황이 오든 나는 있는 그대로 받아들이겠다는 의미야.

아~ 물론 맡긴다고 해서, 내가 최선을 다하지 않는다는 의미가 아니야. 최선을 다하고 난 다음 일의 결과에 대해서는 내 영역이 아니라는 뜻이야. 혹시 결과가 나쁘더라도 그동안의 과정은 네게 큰 경험이 될 거야. 너 자신에 대한 깊은 믿음도 심어줄 것이고.

우울함은 가만히 앉아만 있어서는 없어지지 않아. 다른 사람이 너를 행복하게 해줄 때까지 기다리지 말고, 너 스스로 생기를 불어넣어 주렴. 감사하는 생각과 긍정적인 태도, 유쾌한 말과 행동을 의도적으로라도 해보자. 즐겁고 행복한 상상을 펼쳐보렴. 자전거를 타고 맑은 공기를 흠뻑 마시고, 산책도 해보렴. 환경이 어떠하건, 나를 힘들게 하는 그것들에 당당하자!! "나도 내 인생을 멋지게 살 권리가 있다고!! 내 삶을 탄력 있게 만들어가는 주인공이라고!"

나와 너 사이는 왜 이렇게 아픈 걸까?

– 관계 맺기

A : 친구들은 저랑 얘기하면 숨이 막힌 데요. 너무 칼같이 자른다고 무섭대요. 전 아닌 건 아니라고 딱 부러지게 말하는 편이긴 해요. 이해 안 되는 건 끝까지 따지고요.ㅜ.ㅠ 친구들은 '원칙주의자, 깐깐순이'라고 놀려요. 근데요, 규칙을 잘 지키는 게 잘못은 아니잖아요. 안 지키는 애에게 뭐라고 한 것이 당연한 거 아닌가요.

B : 저는 친구들이랑 노는 게 너무 좋아요. 신 나는 걸 찾다 보니 먹고 즐기는 데 관심이 많아요. 돈이 있으면 먹는 데 다 쓰구요. 뭐든 있으면 막 퍼주는 성격이에요. 규칙 같은 거 이야기하는 게 제일 짜증납니다. 청소는 며칠 있다가 한꺼번에 하는 게 좋은데, 엄마는 늘 깔끔하게 정리하라고 해요. 그런 말 들을 때가 제일 짜증나요.

C : 전 계획 세우는 걸 좋아해요. 시험 한 달 전부터 계획표를 만들어요. 월요일부터 일요일까지 1주일을 어떻게 보낼지도 계획하고요. 이렇게 하면 시간 낭비도 줄이고 마음도 편해요. 그리고 전 언제나 약속시간 10분 전에 나가서 기다리는데, 30분씩 늦는 사람을 보면 더 만나고 싶지도 않아요.

저랑 성격이 안 맞는 사람을 어떻게 대하죠?

알고 있니? 온 세상에 펼쳐진 하얀 눈이 모두 다른 결정체를 가지고 있다는 걸. 똑같이 흰색이지만 현미경으로 들여다보면 세부 모양과 구성은 다 다르다고 해. 눈뿐만이 아니야, 한 나무의 나뭇잎도 색깔의 진함과 번짐, 흐림이 모두 다르고 크기도 달라. 각기 다른 모습이 서로 어우러지면서 아름다운 자연의 모습을 이루지. 인간도 마찬가지야. 우리 모두 다 다른 기질과 생각을 가지고 있어. 이 세상에 60억의 인구가 있다면 60억의 색깔이 있는 거야.

성격도 그런 거야. 자신을 나타내는 고유의 색깔인 거지. 그러니 성격은 다를 수는 있지만 틀릴 수는 없어. 나와 성격이 맞지 않다고 상대방이 틀린 것이 아니란다. 그런데 우리는 평소에도 얼마나

'내 성격이 정말 맘에 들지 않아!' '잰 성격이 별로야!'라는 말을 달고 사는지 몰라. 대체 성격에 무슨 문제가 있길래 그런 걸까? 그 사람 때문에 내가 짜증나고 울고 화난다면, 아마도 그건 '나는 옳고 너는 틀렸다'는 시각 때문이 아닐까?

그렇다면 먼저 나의 색깔은 어떤지를 한번 알아보자. 다른 사람의 성격과 조화를 이루기 위해서는 내 성격에 대해 객관적인 시점을 유지할 줄 알아야 해. 자신의 성격을 잘 안다는 것은 '깐깐하다, 덜렁거리다' 같은 특징만 아는 것이 아니야. 각 성격이 어떤 상황에서 어떻게 반응하는지, 어떻게 갈등을 줄일 수 있는지를 통합해서 이해해야 하지. 왜냐고? 성격이란 타고난 면도 있지만, 네가 자라면서 환경에 적응해 계발되는 부분도 있기 때문이야.

우리의 성격은 왜 이렇게 결정되었을까? 수많은 성격 가운데 왜 지금의 방향으로 성장했을까? 아마도 지금의 네 성격은 성장 과정 중 최선의 선택이고, 네게 가장 편한 방식이기 때문에 이렇게 만들어진 건 아닐까? 자신의 성격을 잘 짚어 보렴. 절대로 좋고 절대로 나쁜 것은 없는 거야. 남들이 피곤해한다는 '깐깐함'도 좋을 때가 있거든. 예를 들어 회계 일을 하는 사람은 깐깐하지 않으면 몹시 일하기 어려워. 대충 계산하고 돈을 마구 쓴다면, 업무가 어떻게 될까? 또 냉정하게 비판하는 성격이 싫다고 해보자. 하지만 그런 사람이 있기 때문에 잘못된 것을 고치고, 더 나은 방법을 찾을 수도 있는 거잖아. 샘은 수다스러운 편이어서 학창시절 선생님께 혼도 많이 났지만, 처음 만난 사람 앞에서는 어색함 없이 이야기해서 도움이 될 때가 많았어. 이렇게 성격은 상황에 따라 좋은 점이 될 수도 있고, 나쁜 점이 될 수도 있는 거야. 그러니까 내 성격은 어떤 좋은 면이 있는지 살피고, 더 잘하도록 노력해보자. 나쁜 점은 보듬어주고. 그러다 보면 내 성격이 마음에 안 들거나, 다른 사람의 성격이랑 맞지 않다고 불평할 일이 줄어들 거야.

혹시 너에겐 '이상형 성격'이 있니?
내 마음 깊숙한 곳에서 동경하고 부러워하는 '멋진 성격'
그 이상형을 기준으로
'성격이 나쁘다 혹은 좋다'를 보지는 않니?

누구나 어릴 적에 덜렁거리거나, 수다스러우면 주의를 받은 적이 있었을 거야. 그러다 보니 나도 모르게 그 성격이 좋지 않다는 생각을 갖게 돼. '침착하고, 규칙을 준수하는 성격'은 주변에서 칭찬한 적이 많았지? 그것을 보면서 나 스스로 그 성격을 '좋은 성격'이라고 받아들였을 거야. 하지만 사실 성격 자체가 좋고, 나쁨을 구분하는 건 아니야. 예컨대 '덜렁거리다'는 하나의 성격일 뿐이야. 객관적으로 보면 그 어떤 성격도 '좋고 나쁘다'로 평가할 수 없어. 상황에 따라 장단점이 다 다르게 나타나니까. 그러니까 네가 과거에 어떤 말을 들었든, 어떤 비교를 해봤든 간에 그것에서 자유로워지렴.

성격은 어떻게 해석하느냐가 매우 중요해. 샘의 '수다스러움'이 상황에 따라 달리 작용하는 것처럼 말이야. 내 성격의 특징을 안다면, 상황에 맞게 적절히 조절할 수도 있어. 무엇보다 내 성격에 대해 긍정적으로 생각해야 해. 열린 시각으로 성격을 바라본다면 내 성격은 물론, 다른 사람의 성격도 잘 받아들일 수 있을 거야.

자, 성격을 상황에 맞게 조절한다는 건 이런 거야. 예를 들어 '깐깐함'이 어떨 때는 도움이 되지만 어떨 때는 피곤하고 남을 지치게 할 수 있어. 만일 그것을 안다면, 지나치게 스트레스를 받는 상황에서는 의도적으로 '깐깐하게 굴지 않으려고 노력하는 거지.' 나에게 고집스러운 면은 없는지, 내 말투에 상처를 받지는 않았는지 생각해 보고, 다른 사람에게 조금만 더 부드럽게 이야기하려고 노력하는 거야. 이렇게 자신의 성격을 상황에 맞게 조정하면 다른 사람들과 어울리는 것도 한결 수월해지고, 내 성격에 대한 믿음도 생긴단다. 가끔 성격의 강약을 조절하는 것은 매우 지혜로운 거야.

또 이렇게 내 성격에 대한 시야가 넓어지면 그만큼 다른 사람에 대한 성격도 폭넓게 받아들일 수 있어. 나와 성격이 정반대여서 맘에 들지 않는 사람이 있다고 해보자. 예를 들면 나는 계획적인 사람이 아닌데 친구는 계획을 잘 세우는 사람이야. 친구는 계획이 없으면 불안하고 스트레스를 받지. 이 친구와 만약 여행을 함께해야 하는데, 내 성격대로 친구를 본다면 매사가 불만투성이일 거야. 하지만 내 성격에 대한 이해가 높다면 어떨까?

'아, 나는 매사 계획하는 게 숨이 막히는데, 친구는 나랑 정반대네. 그럼 친구는 계획하지 않는 상황을 엄청 숨 막히게 느끼겠다.'하고, 그 사람에 행동과 성격을 이해하는 태도를 가질 수 있을 거야. 또한, 내 성격의 장단점을 잘 파악한다면, 그만큼 성격에 대한 객관적인 태도를 지니게 되었을 거야. 그러니 다른 사람의 성격의 장단점도 금세 이해할 수 있어. 그럼 그 사람의 장점을 인정해주려고 노력할 수 있겠지. 성격은 어떻게 해석하느냐가 굉장히 중요하다는 말, 이제는 알 수 있겠지?

너만의 색깔! 참 영롱한 너의 빛깔! 그만큼 다른 사람에게도 그만의 빛깔이 존재해. 이 다양한 색깔들이 조화를 이루려면 서로를 위한 노력과 존중이 필요하단다. 내가 상대를 더 빛나게 하고 상대가 나를 더 빛나게 하는 거니까. 그는 그로서! 나는 나로서!!

저는 고1 여학생이에요. 제 짝이랑 저는 서로 사귀냐는 얘기를 들을 만큼 내내 붙어 다녀요. 아침에 학교도 같이 오고, 화장실도 같이 가고, 매점이랑 점심도 같이 하거든요. 당연히 학원도 같이 다니죠. 그래서 그런지 그 친구가 잠깐이라도 옆에 없으면 불안해요. 그 친구가 다른 애들이랑 말을 많이 하면 옆에 있는 애들이 미워져요. **그 친구가 나 말고 다른 애와 더 친해질까 봐 걱정돼요.**

제 친구가 저를 너무 숨 막히게 해요. 다른 친구랑 말만 해도 무슨 말 했냐고 꼬치꼬치 묻고, 자기하고만 같이 지내자고 해요. 뭐든 같이 하려고 하니까 짜증나고 완전 부담되요. 전 옷 사러 갈 때도 혼자 이것저것 입어보는 것 좋아하는데 그럴 때마다 자기 안 불렀다고 삐지구요, 도서관도 같이 안 간다고 삐져요. 이런 식으로 잘 삐지고 저를 혼자 못 있게 하니까 거짓말까지 하게 되요.

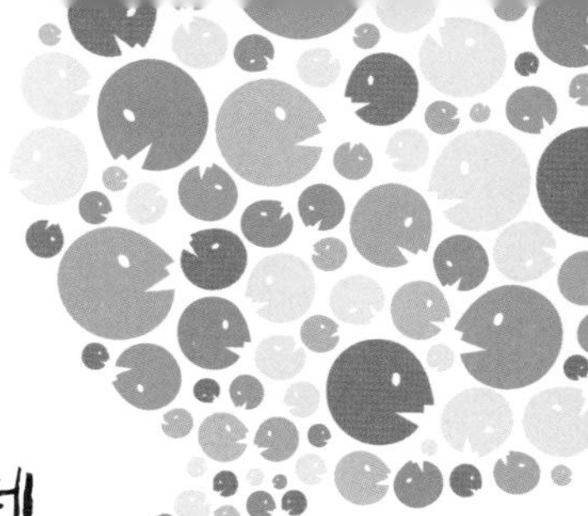

친구가 그러는데 제가 좀 집착한대요

교향악단을 말하는 '필하모니(philharmonie)'는 그리스어의 '사랑하다(phil)'와 '조화(harmony)'의 합성어야. 내 연주 솜씨가 아무리 뛰어나도 하나의 하모니로 들려지지 않는다면 그 연주는 감동을 주지 못하지. 모든 악기가 자기 소리를 내면서도 전체 조화를 깨뜨리지 않을 때 아름다운 선율로 들려지는 것처럼 우리의 삶에서도 이런 조화가 필요하단다. 다른 사람을 위해 나의 호흡을 조절할 수 있는 것, 나의 연주를 잠시 기다려 줄 수 있는 것. 그것이 사람을 감동시키지.

아름다운 조화를 위해서 사람의 관계에서도 아름다운 거리를 유지해야 해. 아무리 사랑하는 관계라고 하더라도 24시간 내내 붙어 다니고, 내가 원하는 행동대로 하길 바라는 것은 숨 막히는 일이야.

공간적, 시간적, 심리적인 적절한 거리가 있어야 그 사랑이 더 그립고 애틋하게 느껴져. 이렇게 적절한 거리를 '아름다운 거리'라고 해.

고무줄놀이를 할 때 너무 팽팽하게 당기면 끊어지고,
너무 느슨하게 당기면 헐렁해서 엉키는 것처럼.
친구 간에도 적절한 거리를 두어서 탄력성이 유지되어야 해.

친구와 모든 것을 함께하고 싶은 마음은 충분히 알지만 우리는 그룹 안에 있는 동시에 혼자 생각하는 존재잖아. 누구나 자기만의 공간을 원하거든. '같이' 또 '따로'의 적절한 균형이 필요해. 친구가 하고 싶은 일을 존중해주고, 친구가 따로 생각하고 행동하는 여유를 줘야 오히려 두 사람의 관계를 아름답게 지속시킬 수 있단다. 그 애만의 공간이 필요하듯 나만의 쉼과 여유도 있어야 하고.

청소년의 시기에는 독립적이고 싶으면서도 여전히 의존하고픈 마음이 공존해. 그래서 내 단짝 친구랑만 놀려는 친구와 자유롭게 다른 사람을 만나려는 친구 사이에서 묘한 부담감과 갈등이 생기지. 때론 속상하기도 하겠지만 이 과정을 '내가 왜 이럴까', '친구가 이상해'라고 받아들이지 말고 성숙해지는 시간으로 생각했으면 해.

너희 때에는 부모님의 숱한 말은 절대 안 들어도 친구의 한마디에 마음을 쓰고, 친구에게 인정과 사랑을 받지 못할까 봐 무던히도 애를 쓰는 시기야. 또래친구와 소통하고 싶은 강력한 욕구. 그것을 갈망하는 시기거든. 왜냐하면 친구를 잘 사귀는지 여부에 따라서 나라는 존재의 가치가 달라지기 때문이야. 그 시기 나에게 친구는 삶의 의미이며 희망이고, 존재의 이유까지도 될 수 있단다.

그렇더라도 친구는 곧 내가 아니야. 친구가 무조건 진리이고 정답인 것도 아니고. 여러 친구들을 만날수록 그 속에서 더 다양한 모습을 배우게 되고, 모두 정답이 될 수 있어. 그중 가장 최선의 답을 찾는 것은 결국 내가 할 일인 거지. 그러므로 내가 중심을 잡지 않는다면 혼동에 빠지고 말아. 내게는 친구가 전부이지만, 그 전부를 잘 관리하려면 친구와 나를 구분해서 바라보는 객관적인 자세도 필요해. 그러려면 '나'라는 존재를 인정해야만 해. 내가 나를 멋지게 보지 못하면 친구도 나를 좋게 보지 않을 것 같고, 나를 싫어할까 봐 걱정하게 되거든. 그럴수록 친구에게 집착하게 돼. 그 친구 때문이 아니라 나 때문에 불안한 거야.

어떻게 친구와의 아름다운 거리를 유지할까?

다름을 인정하기

친구와 나는 완전히 달라. 우린 서로 다른 악기라는 걸 잊지 마렴. 내가 지금 친구와 떡볶이를 먹고 싶어도, 친구는 아닐 수 있어. 그리고 비약은 금물이야. '그 친구는 나와 다른 욕구를 가지고 있구

나'라고만 생각해야지. 이것을 확대해서 '그 애가 나를 거절한 거야. 그 친구는 날 싫어해'라고 자신을 공격하면 안 돼. 그냥 다를 뿐이야.

배려해주기

집착하는 친구도, 집착당하는 친구도 힘들겠지만 끝까지 배려를 잊지 말자. 그 친구의 입장에서 생각해보고, 내 기준이 아니라 상대의 기준으로 맞추려는 노력이 필요해. 내 불편함을 감수하고 상대의 행복을 위해 행동하는 배려. 먼저 해보자.

좋은 탄력성 유지하기

친구와 싸웠다고 거리를 두면 결국 끊어져. 친구를 앞으로 절대 보지 않을 게 아니라면 빨리 화해해서 관계의 탄력성을 찾아가는 게 좋아. 반대로 둘 사이가 느슨해서 불편하다면 무엇 때문인지 생각해 보렴. 나의 자존심이 서로 무심한 상황으로 만들어 간 것은 아닌지. 나의 고집이 그 애로 하여금 다가오지 못하게 한 것은 아닌지 말이야. 그럴 때 "요즘 많이 바쁘니. 난 네가 많이 보고 싶은데 연락 안 되니까 좀 섭하더라."라며 내 감정을 그대로 전달하자. "너는 왜 나 말고 다른 사람 만나냐"는 말보다는 훨씬 듣기도 좋지! 그리고 가끔 혼자 지내는 연습도 하자. 책도 읽고, 음악도 듣고 말이야. 그런 후에 친구와 자연스럽게 어울리면, 관계는 훨씬 수월해질 거야.

친구와 아름다운 거리를 유지하며 좋은 관계를 맺으려면 이렇게 해보자

1. 미소 - 인사할 때마다 "얘들아 안녕"하고 미소 띠며 인사하자. 왠지 모르게 그 친구에게 다가가고 싶은 마음이 들도록 밝은 미소를 날려주자.

2. 1,2,3의 법칙 - 내가 한 번 말했으면 두 번 듣고, 세 번을 맞장구치자. 고개를 끄덕이거나 눈을 마주치면서 진지하게 들어주는 친구가 된다면 그 친구는 앞으로 네게 무엇이든 말하고 싶어질 거야.

3. 넉넉한 마음 - 먼저 주고, 실수에 짜증 내지 말자. 친구가 실수하면 '그럴 수도 있지'라고 생각해보렴. 그 배려를 친구는 느낄 테니까.

4. 네가 나보다 낫다 - 친구에 대한 판단, 비판은 No! 잘난 척도 No! 자기자랑도 No! 하고 싶은 충고나 조언은 되도록 조심히 전하자. 내가 옳다고 주장하며 기를 쓰고 이기려 하지 않기. '그 친구가 나보다 낫겠거니' 실제로 그렇지 않다고 하더라도!

5. 열쇠와 자물쇠 - 친구와 사귀려면 나에 대해 알려주고, 다른 사람에 대해서는 자물쇠로 잠근 듯 어떠한 뒷담화도 전하지 말자.

6. 작은 변화를 알아채는 센스 - 친구의 기분이 변할 때, 친구의 달라진 머리모양이나 새로 산 신발의 변화에 관심을 보여준다면 친구 역시 반가워하며 너와 대화하려 할 거야.

7. 칭찬의 메아리 - 작은 것이라도 먼저 칭찬해주자. "넌 참 잘 웃어", "무거운 것 드느라 힘들었지" 친구는 그 한마디 칭찬 때문에 어쩌면 꽁했던 마음도 스스륵 풀려서 너에게 다가설지도 몰라.

8. 고마워, 미안해, 좋아해 - 이 세 가지 인사를 자주 해보자. 내가 친구를 사랑하고 있고, 배려한다는 마음을 알릴 수 있을 거야.

9. 유머 감각 - 난처한 상황이나 불쾌한 상황을 재치로 웃어넘길 수 있는 센스를 겸비한다면 부드러운 관계를 만드는 데 도움이 되겠지.

한수는 섬 같다. 사람들 사이에 있어도 섬에 갇힌 것처럼 경계가 분명하다. 친구가 인사해도 받지 않고, 말을 걸어도 별로 대답이 신통찮다. 그렇다고 어떤 문제를 일으키는 것은 아니지만 자기 색깔과 고집이 분명하며 아이들과 어떤 경우에도 섞이지 않는다. 혼자 밥을 먹어도 외로워 보이지 않고, 쉬는 시간과 점심시간에도 아이들과 어울리는 법이 없다. 음악을 들으며 창밖을 보거나 엎드려 잠을 잔다. 수업 시간에 집중해서 잘 듣는 것은 아니지만 그렇다고 딴 짓을 하지도 않는 것 같다.

또한 수업시간에 문제를 풀지 못해 선생님에게 혼나면 고개만 끄떡이고 최소한의 대답을 할 뿐이다. 학교에서 웬만하면 말하는 모습을 본 적이 없다. 말뿐이 아니다. 미소도 표정도 아무 반응이 없다. 철저하게 갑옷을 입어서 어떤 아이인지 도무지 알 수가 없다.

집에서도 그런지 전화 상담을 했을 때 어머니는 한수가 집에서 책을 보거나 음악을 듣고, 강아지 하고만 논다고 한다. 어머니는 다른 것은 바라지 않고 공부를 못해도 좋으니까 나가서 친구들이랑 사귀길 바란다고 하셨다. 반 아이들은 그 아이를 '또라이'라고 한다. 그렇게 놀려도 한수는 반응이 없다. 담임생활을 하면서 이렇게 아무런 반응이 없는 아이는 처음이다.

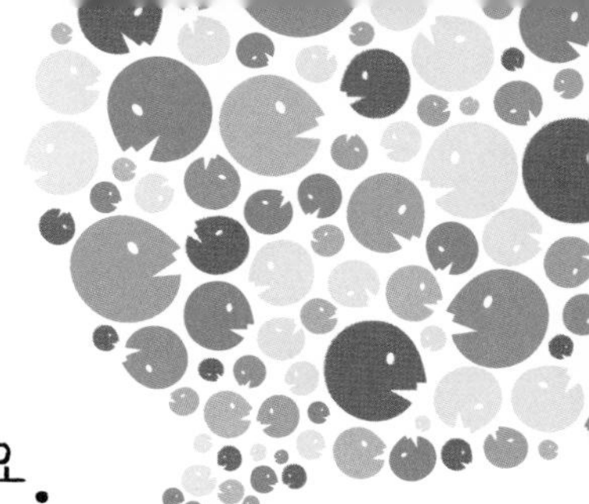

혼자인 게 제일 편해요. 꼭 같이 할 필요 있나요?

다른 사람들과 교류하며 정을 나누고 지내는 것이 자연스러운 사람도 있지만 이렇게 따로 혼자 지내는 것이 더 편하고 안전하다고 생각하는 사람들도 의외로 많은 것 같아. 다른 사람들에 무심하고 내 나름대로의 삶에 만족하고 있는 이 친구는 별로 불편함이 없을지 몰라. 다만 이 친구를 보는 가족과 다른 사람들이 신경이 많이 쓰이겠지.

이 친구들은 혼자 지내면서 늘 머릿속으로 만든 상상의 친구하고만 대화하려고 할 거야. 때론 음악이랑 친구가 되고 미술이랑 친구가 되면서 훌륭한 자질을 발휘하기도 하지. 친구와 놀지 못하는 쓸쓸함을 여러 공상으로 채우기도 할 거야. 그런데 사람들 사이에서

부끄러워해도 괜찮아. 두려워해도 괜찮아.

네 주변의 친구들도 모두 부끄러움과 두려움을 안고 나아가는 걸.

말솜씨가 없고 좀 어색해도 어때?

완벽한 사람은 어차피 한 명도 없는데.

희로애락을 경험해본 적이 거의 없기 때문에 흥미 범위가 좁고 다이내믹한 재미를 알지 못하는 것 같아. 사람들과의 관계에서 아파도 보고 어려움을 뛰어넘으면서 더 많은 것을 보게 될 텐데.

이렇게 혼자가 더 좋고 편하게 된 데는 많은 사정이 있어. 어린 시절 지독히도 외로웠거나, 부모님의 차갑고 냉정한 반응 때문에 마음 문이 닫혔다면 혼자 섬처럼 사는 방식이 더 좋다고 생각했을 수 있어. 네가 지나치게 부끄럼을 타고 다른 아이들에게 어떻게 말하고 다가가야 할지 두려워서 혼자 있는 걸 택했을지도 모르지. 반대로 너무 조숙해서 또래 애들이랑 노는 게 따분하고 관심이 없을 수도 있고. 어떤 이유든 세상을 향한 경계가 크고, 잘 믿지 못한다는 걸 알 수 있어.

이렇게 혼자인 시간이 길어지면 그것이 습관이 돼. 그렇게 되면 누가 자기 삶에 들어오면 매우 힘들고 불편하게 느껴져. 결국 자신도 다른 사람의 경계를 넘지 않고, 남도 자신의 경계를 넘어오지 못하게 하는 삶을 택하고 말지. 하지만 이 땅에 발을 딛고 사는 한 절대 혼자 살 수는 없어. 네가 자랄수록 더욱 사회에 나갈 일이 많아지고, 또 그래야만 해. 너 자신을 위해서 이제부터라도 다른 사람과 함께 호흡하며 마음을 여는 자세가 필요해. 아무리 굳게 닫힌 마음의 문이라 해도 지속적으로 문을 두드리면 서서히 열리게 될 거야. 그러니 혼자인 게 좋더라도 조금씩 다른 친구들과 어울리도록 노력해보자.

곁에 있는 친구들도 이 친구들을 '똘아이', '싸이코'라고 놀리지 말고 개인의 특성으로 봐주었으면 좋겠어. 섬처럼 홀로 지내는 친구라 해도 사람들과 소통하고 싶은 욕구가 아주 없는 건 아니야. 여전히 학교 안에 머물고, 사람들 안에 있기는 하니까. 오히려 누군가 자신을 진실한 마음으로 찾아주고 관심을 가져주었으면 하는 마음이 있을 거야. 그런 사람이 있다면, 이 친구들은 서서히 자신이 갇힌 섬에서 나오려고 시도하게 될 거야. 억지로 다른 사람과 말하게끔 시키면 오히려 자신의 섬에 더 꽁꽁 숨을지 몰라. 천천히 지속적으로 진실한 모습을 보여주며 많은 기다림이 필요해.

어쩌면 직접적인 말보다는 그림이나 편지로 얘기하는 것이 더 편할 수도 있어. 당사자와 상관없는 먼 얘기부터 시작해서, 차차 우리 얘기, 나의 얘기, 너의 얘기로 주제를 좁혀 나가보자. 반응이 없더라도 계속 웃고, 말없이 옆에 있어준다면 그 친구를 편하게 생각하고 마음을 열기 시작할거야. 그 반응은 아주 작은 것일 수 있어. 눈꼬리가 올라간다던지, 입이 살짝 움직였다든지, 얼굴을 찌푸린다든지 그 소소한 반응을 반갑게 생각하자. 섬에서 나올 시도를 하고 있다는 뜻이니까.

그리고 섬에 있는 아이야! 네가 어떤 이유로 혼자인 것이 좋았든 네 속에 있는 소속의 욕구, 인정의 욕구를 무시하지 않았으면 해.

사람들과 함께하고 싶은 네 욕구에 정직하게 반응했으면 좋겠어. 무턱대고 사람들이 너를 알아봐주길 기다리지 말자. 너도 마음의 문을 열고 손을 내미는 작은 용기를 발휘했으면 좋겠어. 네가 아무런 반응이 없고, 가만히 있으면 사람들은 너를 오해할 수 있어. 네가 애들이 말하는 진짜 '똘아이'는 아니잖아. 그러므로 나 스스로를 위해 용기를 내렴.

사람들과 함께할 때 미처 알지 못한 즐거움과 풍성한 삶이 네게 다가온단다. 마치 온실 속에서 아무 일이 없기만을 바라듯이 산다면 너는 크고 단단한 열매를 맺지 못할 거야. 때로는 센 바람이 불기도 하고, 비나 눈이 오기도 하지만 바깥으로 나와야 해. 고개를 들고 주변을 보면 생각보다 많은 사람이 나와 함께하고 있다는 걸 알게 될 거야. 부끄러워해도 괜찮아. 두려워해도 괜찮아. 네 주변의 친구들도 모두 부끄러움과 두려움을 안고 나아가는 걸. 말솜씨가 없고 좀 어색해도 어때? 완벽한 사람은 어차피 한 명도 없는데.

혜미는 오늘도 일찍 들어가고 싶지 않은데 어떻게 해야 하나 고민하고 있다. 엄마는 잔소리를 한 번 하시면 20분은 넘게 말하신다. '어디야? 몇 시까지 집에 들어와? 왜 엄마 문자에 답을 안 해?' 이런 문자를 하루에도 폭탄처럼 날리신다. 이제 혜미는 휴대폰을 여는 것도 귀찮다. 엄마는 매일 귀가 시간(학원시간 포함)을 9시로 정해놓고 혜미를 힘들게 한다. 어제는 친구들과 아이스크림을 먹느라 10시에 들어가고, 오늘은 떡볶이를 먹고 일부러 늦게 들어갈까 생각 중이다. 혜미는 엄마를 피해 다니며 엄마가 하라는 걸 일부러 안 하고 버티고 있다.

나는 집 앞 골목길에서 담뱃불을 밟아 비비고 있다. 방금 아버지에게 "너 같이 한심한 녀석은 본 적이 없다"는 말을 듣고 나왔다. 동생만 예뻐하는 아버지. 아버지는 동생이 하는 건 무엇이든 흡족해 하시면서 왜 내게만 뭐라 하시는지 모르겠다. 동생은 조금만 잘해도 대견한 거고, 내가 노력하면 "왜 그것밖에 못하니, 한심하다"고 한다. 그래서 내가 아버지에게 눈을 부라리고, 말대꾸를 하며 싸워 온 지도 벌써 6개월이다. 방금도 "아빠가 나에게 해준 게 뭐 있는데요. 상현이만 아버지 자식이니까 데리고 사시죠!?"라고 말하고 문을 박차고 나왔다.

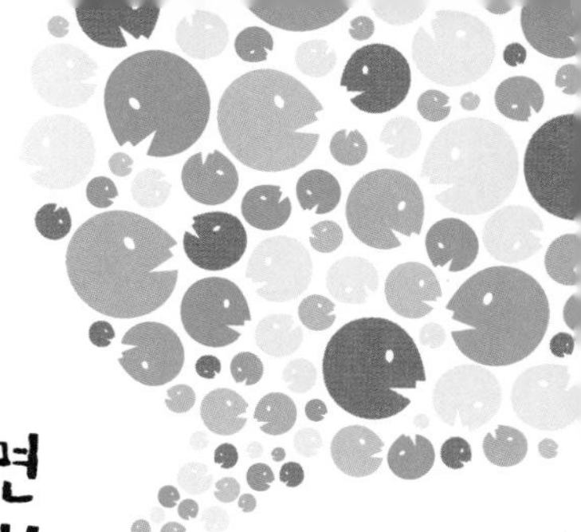

엄마만 보면 날카로워지는 신경! 솟구치는 반항심 어쩔 거야!!

'어휴, 진짜 부모님과는 같이 있는 것도 어색해.'

'나를 짜증나게 하는 엄마, 아빠! 어디 사라지셨으면 좋겠어.'

'내 친구 엄마는 정말 쿨~한데 우리 엄마는 잔소리하고 비교하고 무시하고 간섭하는 마녀야.' … ….

휴우~ 부모님을 향한 너희의 불만은 숨 쉬기도 힘들 만큼 끝이 없다. 부모님은 왜 이렇게 가깝고도 먼 당신일까? 엄마랑 아빠도 청소년 시기가 있었을 텐데 왜 우리 맘을 이해하지 못할까. 할아버지 할머니처럼 살기 싫다면서 왜 할아버지 할머니가 한 방법 그대로 우리를 괴롭히는 거냐고. 이해도 안 가고, 이해하기도 싫지만 분명한 건 부모님으로 인해 우리의 기분이 바닥을 친다는 거야. 있는 대로 소리 지르고 짜증내도 마음이 풀리기는커녕 더 스트레스를 받잖아.

부모님이 너희에게 함부로 하고, 상처를 줘서 힘든 그 마음. 공감이 간단다. 맨날 잔소리만 하고 네 진심을 몰라주는 부모님. 너희가 그런 부모님 때문에 갈등하고 고민하는 것도 잘 알아. 엄마와 아빠에게 아무리 이야기해봤자 달라지는 것이 없을 것 같겠지. 하지만 부모님도 너희 때문에 힘들어하고 울면서 한숨 쉬는 걸 아는지 모르겠다. 안 그래도 예민하고 날이 서 있는 너희를 마주하느라 부모님도 눈치를 본단다. 혹여 너희가 잘못될까 걱정하고 불안해하는 걸 알고 있니? 너희를 사랑하지만 어떻게 사랑을 표현해야 할지 몰라서 당황하는 부모님의 모습도 잘 모를 거야. 내 자식이기 때문에 더 마음 쓰고 기대하게 되는데, 실망하게 될 때 어떻게 할지 몰라서 부모님도 힘들어한다는 걸 샘도 다 커서야 알았어.

부모도 자식에게 상처를 받는단다. 부모는 힘들어도 너희처럼 반항하거나 누군가에게 기대지도 못해. 너희를 어떻게 대해야 할지 쩔쩔매고, 하루에도 수십 번 변하는 네 기분을 맞추느라 사실 많이 지쳐 있어. 그래도 모진 말을 하는 너희를 껴안으려 부모님은 나름 고군분투하는 중이란다. 오늘도 너희에게 거절당할까 두려워하면서도 아닌 척 먼저 다가가고, 그렇게 하루하루를 지내고 계셔.

부모님은 매일을 분투하는 마음으로 살고 있어. 오죽하면 너희에게 학교 다니고 공부하는 일이 제일 쉽다고 하겠니. 그 말은 너희에게 '공부시키려고 지어낸 말'이 아니라 어느 정도는 진심이 담긴 말이야. 부모로 사는 것, 가정을 책임지는 것이 당연해 보이지만 절대 쉽지 않거든. 밖에서 치열하게 버텨야 겨우 너희에게 밥을 먹이고, 공부시킬 여력이 생긴단다. 그 역할을 누가 알아주지도 않아. 너희는 공부를 잘하고, 선행을 하면 부모님이 칭찬해주시지? 하지만 부모님은 그렇게 감싸줄 존재가 없어. 냉정한 사회에서 상처를 받아도 묵묵히 견뎌야만 하고. 샘도 몰랐어. 어른이 되어서야 그 역할과 삶이 정말 무겁고 힘겹다는 걸 알게 되었어.

또 한 가지 말해줄 게 있어. 너희도 사춘기라 힘들지만 부모도 중년의 사춘기를 겪으셔. 너희 마음이 하루에도 열두 번씩 변하는 것처럼, 부모님도 혼란을 겪을 때가 있어. 부모님도 너희를 보며 '다 컸으니 이제 알아서 하겠지' 하다가도 '아직도 내가 일일이 돌봐 줘야 하는 아이인 걸' 하는 마음이 왔다 갔다 해. 혼란스러운 사춘기를 또 겪는 셈이지.

그리고 너희 부모님 세대가 대부분 30대 후반에서 50대 초까지라면 그 분들에게도 인생 발달 과업이란 게 존재해. 너희가 학생으로서 학교를 다니고, 공부를 하는 것처럼. 그분들은 '회사에서 중심이 되는 일, 내 일을 통해 세상에 영향을 미치는 일, 후배를 기르는 일' 같은 과업을 하며 내가 누구인지를 확인하는 거지. 이 발달 과업을 잘 해내면 긍정적인 나로 또 한 번 안착할 수 있지만, 그렇지 못하면 초라하고 비참한 나로 인생 후반을 살아야 하거든. 그러니 얼마나 불안하고 긴장되겠니.

너희가 독립심이 커지고 권위에 대한 비판 능력이 커지면서 부모에 대한 반항이 더해지는 걸 이해해. 하지만 이제 나의 솟구치는 반항심을 조절하는 지혜로운 사람이 되었으면 좋겠어. 한없이 부모님이 미울 때 그 존재에 대한 감사함을 갖자꾸나. '부모'라는 존재에 대해서 말이야. 적어도 내 부모니까 내가 옷을 사달라, 뭐 해달라며 투정 부릴 수 있는 거야. 네가 이웃집 아저씨께 "저 컴퓨터, 노트북 사 주세요"라고 하지 못하잖아. 지나가는 아주머니에게 무작정 내 요구를 말할 수도 없어. 그렇게 생각한다면 내가 무엇이든 요구할 수 있고, 돌봐주시는 부모님이 있다는 것 자체가 특권이고 감사한 일임을 알게 될 거야. 또한 부모도 인간이라는 걸 알자꾸나. 그분들은 완벽한 신이 아니야. 그러기 때문에 실수할 수 있고, 나에게 상처를 주실 수 있는 거야.

마지막으로 "말 한마디로 천 냥 빚을 갚는다"는 속담을 알지? 나는 오늘 무엇 때문에 화가 났니? 아마 대부분이 말 때문에 화가 난 것임을 알게 될 거야. 비난하는 말, 무시하는 말, 예의 없는 말, 비꼬는 말, 공격적인 말, 뒤에서 욕하는 말들. 그 말로 인해 화가 나고 더 심한 말을 되돌려주고 그랬을 거야. 우리가 하는 말을 조금만 바꿔도 부모와 관계가 더 좋아질 수 있어. 정말 말 한마디로 감정을 가라앉히고, 위로해주며 인정해줄 수 있단다. 이제 부모님께 말부터 달리 해보자.

우리가 가족의 테두리에 함께하는 한 분리될 수 없는 존재임을 인정하자. 자식은 부모를 선택할 수 없고 부모도 자식을 선택할 수 없어. 친구 같은 부모, 잔소리를 하지 않는 부모를 선택할 수 있음 얼마나 좋겠어. 그런데 그럴 수 없는 거잖아. 그러니 서로의 존재에게 대해 조금이라도 더 귀하고 소중하게 생각하는 편이 좋아. 쉽지 않겠지만 이왕이면 입장 바꿔 생각하고 이야기를 해보자.

샘: '친구들과 재미를 위해 나! 이렇게까지 해보았다' 를 얘기해볼까? 누가 먼저 해볼래?

A: 저는 친구들과 지나가는 길냥이 꼬리를 밟아 봤어요. 길냥이가 소리 지르며 낑낑대는데 친구들이 막 웃기다고 하니까 더 세게 밟았어요.

B: 아~ 맞다 저번에 우리 동네 놀이터에 멍석 같은 것 있는데요. 그네 앞에서 멍석에 불을 붙이고 놀았는데 그네에 불이 옮아 붙은 거에요. 순식간에 타더라구요. (어~ 그래서 어떻게 됐니?) 주변에 CCTV 있는데 겁이 나서 돌로 깨고 친구들 모두 도망갔어요. 그 이후 그 동네에 잘 안 가서 괜찮았어요.

C: 난 친구들이랑 편의점에서 과자 훔치는 장난을 했어요. 그런데 한 친구가 비싼 면도기를 훔치더니 잽싸게 뛰는 거예요. 저도 눈치를 보다 친구 따라 막 뛰었는데 가슴이 터지는 줄 알았어요. 친구한테 왜 그랬냐고 물으니 주인아저씨가 뒤뚱거리며 뛰는 모습이 재미있어서 그랬대요.

D: 저랑 친구랑 화장실에서 대걸레 싸움을 했어요. 막 찌르고 때리면서 먼저 항복하는 사람이 지는 건데요, 여기저기 멍이 엄청 들었는데 결국 제가 이겼어요. 한 50대는 맞았을 걸요.

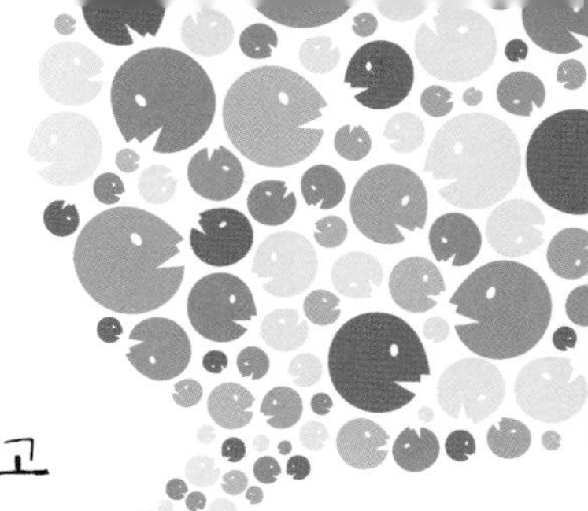

폭력이 아니고 그냥 재미있는 놀이였는데…

어느 날 집단상담 시간에 '나! 재미를 위해 이렇게까지 해봤다'를 이야기해봤어. 서로 경쟁심 때문인지 부풀린 이야기도 있지만, 실제 경험도 많이 나왔지. 모험담처럼 얘기하는데 그게 자신들의 자존심과도 관계있는지 서로 지지 않으려는 모습도 보였지. 다음 프로그램으로 넘어가면서 느낌을 물었더니 한 남자애가 "애들의 얘기를 들으면서 참 철없는 짓을 많이 했다는 생각을 했어요."라고 얘기하더라. 앞에 놀라운 모험담(?)에 마음이 쪼그라졌는데 그 친구가 이제는 그러지 않겠다고 하는 모습을 보여 크게 위로가 되었던 시간이었어.

엉뚱한 재미를 즐기는 너희를 좋게 보면, 활발하고 기가 막힌 아이디어와 열정이 많다고 할 수 있을 거야. 나중에 뭔가 큰일을 해낼 거라는 기대감도 생긴단다. 하지만 다르게 보면 재미만 추구하고 책임을 회피하는 모습이기도 해. 호기심도 있겠지만, 어쩌면 너희는 불안한 기분을 없애려고 재미를 추구하고 있는지도 몰라.

장난으로 시작된 호기심이 품행장애까지 확대될 수 있다면 큰일이지 않을까? 품행장애의 대표적 증세를 살펴보자면, ① 사람과 동물에 대한 공격성을 자주 나타낸다 - 사람을 못살게 굴고 협박하거나 싸움을 건다. 신체 손상이 가능한 무기를 사용하거나, 도둑질이나 성행위 강요 등의 탈법적, 부도덕한 행위도 하게 된다. ② 재산을 파괴한다 - 고의로 불을 지른다거나 다른 사람의 재산을 파괴한다. ③ 사기 또는 절도를 한다 - 다른 사람의 건물이나 자동차를 파괴한다. 자주 거짓말을 하고, 문서 위조나 물건을 훔친다. ④ 중요한 규칙을 어긴다 - 부모가 금지하는데 자주 외박을 한다거나 가출한다. 무단결석을 한다.

어때? 네가 품행장애에 가까운 장난을 했다는 걸 알겠니?

사춘기에 접어들면서 두 가지 변화가 생겨. '상상 속 청중'과 '개인적 우화'가 바로 그것이지. '상상 속 청중'은 언제나 무대에는 내가 주인공으로 서 있고, 수많은 청중들이 보고 있어서 그들에게 열화와 같은 박수를 받고 집중받고 싶은 마음이 생기는 거야. '개인적 우화'는 나는 다른 사람과는 아주 다른 특별한 사람이라고 생각하는 개념이야. 나는 슈퍼맨 같은 영웅처럼 느껴지지. 나는 어떤 일을 해도 다치지 않을 거고, 어떤 일을 해도 걸리지 않는다고 생각하거든. 그런 마음에 일탈을 저지르게 되면 혹독한 결과를 감당해야만 해.

청중이 항상 내 앞에 있고 난 특별한 존재라고 믿기 때문에 대중의 관심을 끌 뭔가가 필요한 거지. 자기중심성이 지나치게 커지기 때문에 자신이 대단하다고 더 믿게 하려고 말이야. 친구들과 함께 무료한 일상생활에서 스릴을 맛보려는 너희 마음은 충분히 이해되지만 그 호기심에도 책임과 상처가 따른다는 걸 생각해봤으면 해. 의도한 건 아니지만 일이 걷잡을 수 없이 커질 수도 있으니까.

무심코 던진 돌멩이에 개구리가 맞아 죽는 것처럼.
내 행동으로 어떤 사람은 큰 상처를 안고 살아갈지도 몰라.

너희 주변에도 그냥 재미로 시작한 폭력으로 학교에서 처벌 받는 친구들이 꽤 있을 거야. 그 아이들에게 '왜 그랬냐'고 물으니 하나같이 "그냥요", "재미있어서요", "그게 왜 잘못인지 모르겠어요"라고 얘기했어. 정말 모르고 한 것일 수도 있어. 그렇더라도 가해자가 되어버리면 피해자와 마찬가지로 정신적으로 큰 피해를 입게 돼. 사회적인 관계에서도 "쟤가 그런 일을 했다며?"같은 꼬리표를 달게 되고.

얼마 전에 수시로 대학교에 합격한 한 학생이 과거 폭력 행동 때문에 신고가 들어갔어. 그 사실을 알게 된 대학에서는 학생의 합격

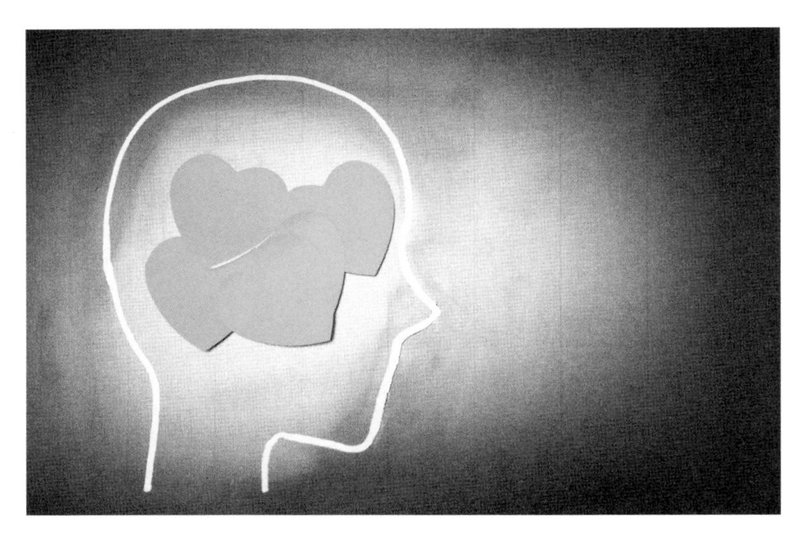

무심코 던진 돌멩이에 개구리가 맞아 죽는 것처럼.

내 행동으로 어떤 사람은 큰 상처를 안고 살아갈지도 몰라.

을 취소했어. 호기심과 재미의 대가로 대학 입학을 포기하게 된 거지. 폭력은 언제든 나에게 되돌아올 수 있다는 걸 알아야만 해. 언젠가는 나의 우화적 착각이 깨질 수 있다는 걸 예상해야 해.

너희가 사춘기에 접어들면서 독립심이 커지게 되고 나 스스로 어른이라고 착각하기도 해. 어른처럼 행동하고, 어른들이 하는 장난을 해보고 싶어지지. 인터넷에 떠도는 동영상을 모방하고, 그 느낌이나 스릴이 어떨지 알고 싶기도 할 거야. 카페나 동우회에서 지시하는 엽기적인 장난을 따라하고 싶기도 하지. 어디엔가 소속되어 순간 영웅이나 유명인이 되고 싶은 마음이 있으니까.

그런데 슈퍼맨은 다른 사람에게 해를 가하지 않잖아. 진정한 영웅은 다른 사람을 존중해야 하는데, 튀고 자칫 폭력적인 행동을 영웅이라고 오해해선 곤란해. 영웅 심리와 진정한 영웅은 다른 거야.

샘은 너희들의 호기심과 모험심, 재미로 인해 생기는 즐거운 추억을 응원한단다. 하지만 누군가의 피해와 아픔을 담보로 하는 거라면 그건 말리고 싶다. 그게 진짜 단순하게 재미만 있는 건지 생각해보자꾸나. 너의 호기심을 어떻게 쓰면 건강할지를 고민해보면 좋겠어. 사람들이 네가 있음으로 고맙다고 여길 수 있었으면 해. 샘은 네가 재미와 장난을 제대로 즐길 수 있는 십대! 그러면서 다른 사람을 배려하고 주변의 연약함을 돌볼 수 있는, 진짜 강한 십대가 되었으면 좋겠어.

<카톡 그룹채팅 (10명)>

2012년 10월 15일 금요일

썸가이 : 1학년 6반에 23번이 선배에게 인사도 안 하고 싸가지 없는데 손봐줄 사람 붙어.

성이 : 일빠요. 저는 지나가면 뒤에서 물걸레로 등을 맞출게요.

빙그레 : 저욧! 저는 책에 낙서하고 찢을게요.

열혈남 : 나는 급식 먹을 때 그 애 밥에 먹던 반찬 올려놓을게.

주먹돌 : 그냥 몇 대 때리죠?

썸가이 : 때리는 건 눈에 띄고 잼 없어. 다른 방법?

주먹돌 : 그럼 시비 걸어서 애들 앞에서 쪽 당하게 할게요. 방법은 생각해보겠음.

얼버리 : 근데 왜 그 애를 혼내야 하는 건데요?

썸가이 : 야~ 너 뭐야. 그냥 하라면 해.

도와주세요. ㅠ.ㅠ 우리 반에 일진이 있는데… 그 아이와 그를 따르는 애들이 반 분위기를 험악하게 만들어요. **오늘은 제가 점심시간에 '와이파이 셔틀'을 당했어요.** 와이파이셔틀은요, 스마트폰 데이터를 무제한으로 받기 위해서 어떤 한 사람이 스마트폰으로 와이파이를 잡고, 그걸 허브로 해서 다른 애들도 공통으로 쓰는 거예요. 오늘 데이터 요금이 엄청 나왔을 텐데 죽고 싶어요.

부모님께 이런 얘기를 하면 "바보 같이 당하고 다니냐!"고 혼내시고, "그러니까 스마트폰 갖고 다니지 말랬잖아!"라고 합니다. 그 아이들은 저만 못살게 굽니다. 빵도 사오라고 시키고 돈 빌려 달라면서 뜯어가고 안 갚고. 담임 샘께 말하면 들킬 것 같고 걱정입니다.

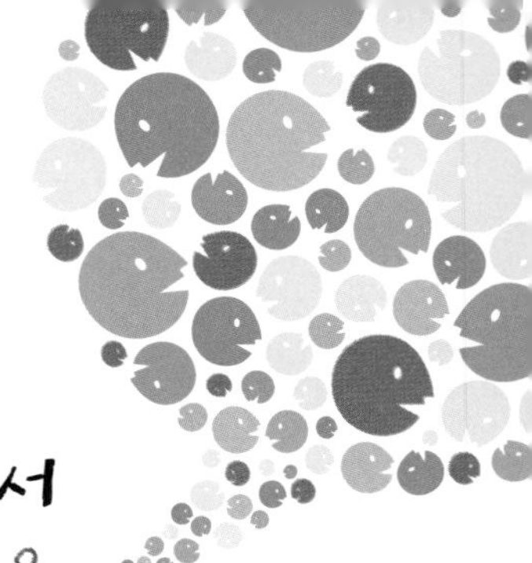

빵셔틀 없는 세상에서 살고 싶어요

최근 학교폭력으로 인해 자살하거나 심한 구타로 병원에 입원했다는 애기를 들을 때마다 마음이 타는 것 같이 아프고 속상하단다. 꽃 같은 너희가 채 피지도 못하고 꺾여서 슬프고, 어린 나이에 뭣도 모르고 다른 사람에게 고통을 주는 현실도 안타까워.

요즘은 학교 폭력도 진화해서 새로운 양상이 늘어나. 카톡에서 괴롭힐 애를 지시하고 어떻게 괴롭힐지를 각자 약속하면 명령자는 직접 나서지 않고도 그 애를 괴롭힐 수 있대. 약속한 애들이 그대로 했는지만 파악하면 되니까. 때로 비난하는 폭탄 문자를 날리기도 하고 개인 블로그를 찾아가 도배질하기도 하고. 이상한 사진으로 조작해서 유포하고. 가방셔틀, 빵셔틀… 아찔해질 정도야.

더 안타까운 건 내 주변 친구가 안 좋은 일을 당하고 있는데 그 일을 방관하며 입을 다물고 있다는 거야. 만약 도우면 내가 왕따가 될 수도 있을 것 같아서 무서워서 모른 척하는 거겠지. 그 마음을 이해할 수 있어. 하지만 '나만 아니면 돼'라는 생각이 결과적으로는 더 좋지 않은 결과를 만들어. '왕따와 폭력' 행위가 당연히 존재하는 분위기를 만들지. 그건 너희에게 뼈아픈 일이란다. 방관자가 모두 나서서 폭력적인 분위기에 맞서려고 한다면 어떨까? 그래, 굉장히 어려운 일이겠지. 하지만 너희들이 성장해가고 성숙해지려 한다면 '방관'을 배워서는 안 돼. 내 침묵의 대가가 언젠가 나에게도 닥칠지 모른다는 생각. 반드시 해야 해. 그러니 친구들과 함께 지혜를 모으고 용기를 내려는 노력, 해야 하지 않을까?

샘은 학교 폭력으로 특별교육을 받는 아이들을 만나는 일이 많아. 그 아이들에게 왜 그랬는지를 물으면 "그 아이가 잘난 척해서요.", "그 애에게 양파 냄새가 나요. 그 애는 중국인 혼혈아에요."라는 이유들을 말하더라. 너와 다름이 곧 틀림은 아니잖니. 그런 이유로 누군가는 맞아야 하고, 괴롭힘을 당해야 한다는 건 말이 안 돼. 과거에는 못생겨서, 바보 같아서, 말을 더듬거려서, 뚱뚱해서, 싸가지 없어서, 나대서 등 여러 이유가 있었는데 최근에는 이유가 없이 무차별로 폭력을 행하는 일도 늘어나. '그냥 쳐다봤다'는 이유로도 때리고 '맘에 안 들어서' 괴롭히고. 그래서 학교 폭력이 어떨 것인지에 대해 예측하기가 더 어려운 것 같아.

그런데 이상하게도 피해를 당했던 친구가 나중에 폭력을 가하는 가해자가 되는 경우도 많아. 복수의 화신이 되었다고나 할까. 이러한 가해 학생 대부분은 단독으로 행동하지 않아. 혼자서는 작고 초라한 존재라고 생각하기 때문에 무리에 섞여서 내 존재를 드러내려는 거야. 가해자 친구들은 마음에 분노와 억울함이 많고 자존감이 많이 낮지. 작고 초라한 나를 가리려고 또 커 보이는 가면을 쓰는 거야. 그러니까 혼자서는 힘을 쓰지 못하면서 있는 척하는 아이들을 무서워하지 마. 그렇다면 이러한 폭력에서 어떻게 대처해야 할까?

첫째, "나는 왜 왕따를 당할까요?"라고 고민하기 전에 먼저 고개를 들고, 어깨를 펴고 걸으렴. 약해 보이고, 지쳐 있고, 건드려도 아무렇지 않을 것 같은 모습이 이미 '왕따'라고 말하고 있잖아. 그러니까 어깨를 펴고 자신 있게 걸으렴. 내가 건드려도 되는 애가 아니라는 걸 보이기만 해도 아이들이 너를 함부로 대하지 못한단다. 또한 왕따나 폭력을 당할 때 맨 처음 자세가 중요해. 처음에 눈을 부릅뜨고 단호하게 "하지 마!!"라고 해야 해. 벌써 마음이 오그라들고 눈치를 보면서 '나를 불쌍히 봐줘' 같은 태도로 움츠리면 그 반응이 재미있어서 계속 폭력을 행하게 돼. 혹시 처음에 단호하지 않았더라도 계속해서 단호하게 행동하고 말하렴.

둘째, 도움을 요청하자. 너 혼자 힘으로는 해결하기 힘든 일이야. 자존심 상해하지 말고 부모님이나 선생님께 의논하는 게 좋아. 부모님이나 선생님이 여의치 않다면 학교 상담실이나 상담센터에 가서 고민을 털어놓고 도움을 받으렴. 그 애들이 너를 해코지 할까 봐 걱정되어 아무것도 하지 않으면 이 일은 해결되기 힘들어. 너 스스로 그들에게 '나를 잡아먹어'라고 내어주는 행위와 똑같아. 나를 보호하기 위해 용기를 꼭 내자.

셋째는 평상시 조금만 더 조심하자. 한적한 곳은 피하고 대로로 다닐 것. 학교의 구석지고 으슥한 곳은 무조건 피할 것. 밤늦게 다니지 말고 어디를 나갈 때는 반드시 행선지를 부모에게 밝힐 것. 학교 선배와 친구들에게 겸손함과 예의를 다할 것. 잘난 척을 하지 않나, 남에게 함부로 대하지 않았나, 뒷담화를 하지 않았나 돌아볼 것. 당당하게 어깨를 피고 다니되 평소 공격성이 높은 아이들과 충돌하지 말 것. 돈을 많이 가지고 다닌다는 티를 내지 말 것. 부잣집 도련님이라는 냄새를 풍기지 말 것. '나는 혼자에요' 같은 행동은 금물. 친구들과 자주 어울릴 것. 평소 적대감이 있거나 위협적인 애들이 카톡에 들어오라고 하면 무조건 들어가지 말 것. 나의 신상정보를 잘 관리할 것.

넷째는 적극적으로 신고하는 자세를 갖자. 그러기 위해서는 가해자의 신상파악과 정보수집을 해놓는 것도 필요하지. 나쁜 문자가 왔으면 저장해놓고, 혹시 맞아서 멍든 데가 있으면 사진도 찍어 놓고. 학교 폭력 신고는 국번 없이 117번이야. 폭력을 행한 아이들에게 들키지 않고 신고할 수 있으니까 염려하지 마렴. 이곳에 신고를 하면 경미한 경우 청소년상담복지센터나 학교의 위클래스로 연결되어 상담 치료를 받을 수 있어. 사건이 심각한 경우 경찰이 수사해서 너를 도울 수 있단다.

독특함과 다름, 연약함과 부족함이 누군가를 괴롭힐 이유가 절대 될 수 없어. 이런 이유로 따를 당한다면 어느 누구도 왕따 위기에서 자유로울 수 없을 거야. 모두가 단점은 있고, 그 단점도 상대적인 거니까. 나를 대하듯이 친구들을 사랑하고 존중하길 기대해볼게.

가상보다 더
달콤하고 소중한
우리만의
진짜 리그

컴퓨터 때문에 엄마 지갑에 손을 댔어요.

PC방을 계속 간다고 엄마가 용돈을 끊었거든요. 며칠은 친구들이 대신 내줘서 괜찮았는데. 그래도 미안하고, 더 이상 참기 힘들어서 엄마가 안 계실 때 3만원을 가져왔어요. 게임을 열라 할 때는 몰랐는데 집에 돌아갈 때 마음이 괴로웠어요. 집에 돌아가면 엄마가 화낼 것이 무섭고… 그래서 또 친구들이랑 놀다가 밤늦게 들어갔어요.

저 어떻게 해요. 저도 인터넷을 그만하고 싶어요. 매일 '그만하자, 그만하자' 다짐해도 소용이 없고. 오늘은 학원에 바로 가서 공부 끝나면 집으로 바로 가려고 했는데 벌써 **제 발이 PC방 앞에 가 있어요.** 인터넷 중독은 왜 빠지는 거에요? 제가 이렇게 고민하는 걸 부모님은 모르실 거예요. 나도 매일 혼나는 게 짜증난단 말이에요. 나도 안 그러고 싶은데 자꾸 가게 되는 걸 어떻게 해요.

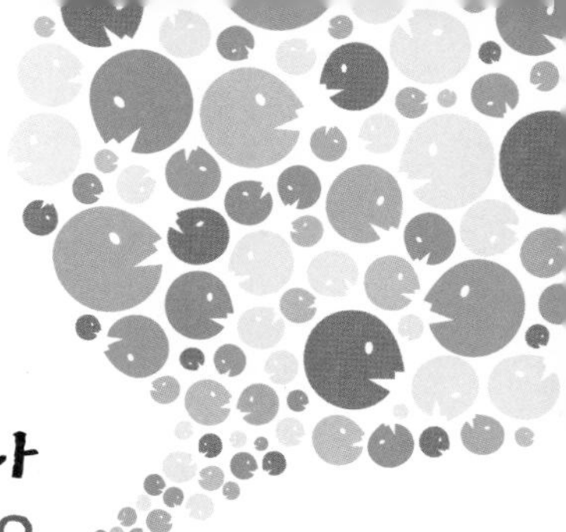

인터넷에 빠진 나 어떻게 하면 되요?

샘이 만난 한 친구는 인터넷을 말리는 엄마에게 욕하고 폭력까지 휘둘렀어. 엄마와 몸싸움을 벌이다가 순간적으로 엄마를 밀어서 갈비뼈가 부러진 거야. 그 아이는 그러고는 소리를 냅다 지르고 방을 나가서는 며칠간 엄마와 눈도 마주치지 않았어. 죄책감과 후회감에 엄마에게 더 다가가지 못했을 거야. 대체 왜 그렇게까지 한 걸까? 인터넷이 뭐길래. 아마 그 아이도 그렇고 싶지 않은 마음이 커서 그렇게 화를 냈던 게 아닐까? 스스로 조절하고 싶은데 잘되지 않아서 힘들어지는 것. 그게 바로 인터넷 중독이야.

이렇게까지 인터넷에 중독된 이유는 뭘까? 중독이 되었다는 건 네 삶의 균형이 깨졌다는 걸 의미해. 우리 삶은 크게 일, 사랑, 여가

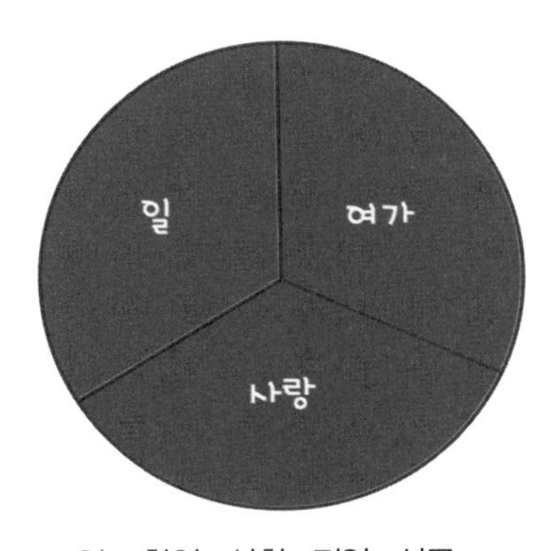

일 : 학업, 성취, 직업, 성공
여가 : 휴식, 놀이, 수면, 흥미
사랑 : 인정, 존중, 사랑, 관계

로 나눌 수 있어.(그림을 보렴) 세 영역이 균형을 이루면 건강한 삶이 되지만 한 영역에 치우친다면 그만큼 빈 공간을 다른 것으로 채우려는 욕구가 생기지.

예를 들어, 공부를 못한다고 비난을 받은 친구가 짜증나서 친구들과 노래방에 가서 놀았어. 그러다 성적이 떨어졌다면? 여가 시간이 너무 늘어나 일과 사랑의 영역이 줄어든 거지. 처음에 어떤 이유로 스트레스를 받았고, 무슨 영역이 깨졌는지 구분하기는 쉽지 않아. 하지만 한 영역으로 인해 균형이 깨진다면 다른 영역까지 무너지게 돼. 그게 심할수록 한 영역에만 집중되는 중독을 가져오지.

너희 시기에는 우울증 또는 ADHD(주의력결핍 과잉행동장애) 같은 아픔과 공존할 경우 더욱 쉽게 중독돼. 스트레스가 높거나 자존감이 낮은 사람, 분노 및 열등감이 높으면 중독에 빠지기 쉽다는 연구 결과가 있어. 지속적으로 어떤 욕구가 좌절되면 그것을 대체할 뭐가를 찾게 되는데, 너희의 경우 손쉽게 접하는 인터넷이 될 경우가 많지.

중독은 결국 혼자 힘으로 이길 수 없어.

너희를 둘러싼 환경과 중독으로 뭔가 채우고자 하는 욕구는

네 마음의 의지를 뛰어넘기 때문이야.

만일 네가 중독에 가깝게 인터넷에 빠져 있다면 반드시 가족, 특히 부모님이 도와주셔야 해. 부모님이 잔소리하고 화내는 건 사실 너희를 어떻게 말려야 할지 몰라서일 수 있어. 하지만 그런 방식은 별로 도움되지 않지. 너희 혼자 힘으로는 중독을 이기기 힘드니, 전문 상담 선생님의 도움을 받거나 가족이나 부모님에게 적극적으로 도움을 요청해야 돼.

너희의 삶이 무엇인가에 지배되는 건 슬픈 일이잖니. 너희도 인터넷을 계속하고 나서의 공허함을 잘 알잖아. 그 일로 인해 가족과 싸우게 된 걸 후회하고 있잖니. 내 안에 잘하고 싶고 인정받고 싶은 열망을 잘 살펴보자. 10년, 20년 후에도 내 일을 못해서 남들의 눈치 보며, 컴퓨터 앞에서 컵라면이나 먹으며 욕을 먹는 삶을 살고 싶지는 않을 테니까. 인터넷을 균형 있게 사용하기 위해 노력해보자.

무엇보다 스트레스를 관리하자. 이게 제일 중요해. 이것만이라도 잘하면 중독을 이길 수 있거든. 아무도 너희를 이해하지 못하고, 공부가 어렵고 모두 1등만 요구해도 너희 스스로 이 스트레스로부터 너희를 지켜야 해. 나도 나를 지키지 않는데 남이 나를 지켜줄 수는

없지 않겠니? 그래서 스스로의 의지가 중요한 거야. 스트레스를 받을 때 컴퓨터 말고 다른 방법을 찾아보렴. 이 책 곳곳에서 나를 관리하는 여러 방법을 얘기했는데 그런 것을 적극 활용하는 것도 좋아.

꽃밭을 망가뜨리는 데는 그곳을 일부러 헤집어 놓지 않아도 되는, 아주 쉬운 방법이 있단다. 아무것도 안 하고 그냥 놔두는 거야. 벌레가 와도 흙이 말라도 가만히 있고, 누군가가 땅을 파헤치든 말든 신경 쓰지 않는 거지. 네가 네 인생을 망치려면 너도 아무것도 안 하고 그냥 있으면 돼. 지금 중독인 그대로 그냥 놔두렴.

이 말이 거슬리고, 나의 인생을 망치기 싫다면 말이야. 그럼 꽃밭을 망치지 않는 방법을 찾아야겠지. 앞으로 이 장에서 인터넷 중독에서 벗어나는 다양한 방법을 얘기할 거야. 그것들을 잘 읽어보고 실천해보자. 샘은 인터넷을 하지 마라고는 안 해. 아예 안 할 수는 없다는 걸 잘 알거든. 대신 균형 있게 하자. 균형을 이룬다는 것은 온라인(on-line)과 오프라인(off-line)의 균형을 말하는 거야. 또한 인터넷의 좋은 기능과 나쁜 기능의 균형, 나와 나 사이의 균형, 시간과 시간의 균형. 사람과 사람 사이의 균형을 말해.

우리는 보이지 않는 게임에 이미 돌입한 거야. 자! 그 게임의 세계로 너를 초청할게. 균형을 이루는 노력! 나의 삶을 골고루 성장시키는 노력! 그래서 진짜 괜찮은 내가 되는 것!! 이것이 보이지 않는 게임의 시작이다. 반드시 이 게임에서 승리하길!!

윤섭이는 고등학교 2학년이다. 아주 어릴 적부터 컴퓨터를 잘 만지는 윤섭이를 부모님은 천재라고 생각했다. 그 다음부터 부모님은 윤섭이에게 컴퓨터와 관련한 지원을 아끼지 않으셨다. 부모님은 가게를 운영하느라 윤섭이에게 잘 신경 쓰지 못해서, 아이가 컴퓨터를 만지고 노는 걸 다행으로 여기기도 했다. 최신식 컴퓨터 세트는 물론 초고속 광케이블, 정기적인 업그레이드. 게다가 아이가 필요한 것을 살 수 있도록 신용카드까지 주었다. 공부하라고 인터넷 강의도 신청해주고 학원도 하루 2개씩 다니게 했다.
그런데 어느 날부터 윤섭이는 공부하기를 싫어하면서 성적이 계속 떨어졌다. 이제는 성적도 하위권이다. 신용카드도 매달 30만원에서 50만원까지 쓰고, 어떨 때는 100만원까지도 쓴다. 신용카드로 게임 아이템을 산다. 이 문제로 부모님과 싸움이 끊이질 않고 있다. 윤섭이가 인터넷 강의를 듣는다고 거짓말하고 게임하다가 걸린데다, **학원에서 '아이가 오지 않았다'는 연락을 자주 받았기 때문이다.**

(윤섭이와의 상담일지 재정리)

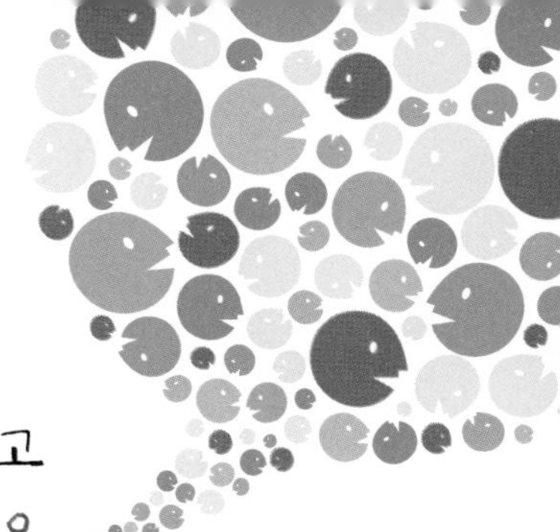

학원을 빠지고 PC방에 가요

"아침부터 PC방 가지 말고 바로 학원으로 가라"

"엄마가 학원 바로 갔는지 확인할 거다"

"또 PC방으로 새면 용돈을 끊을 거야"

"벌써 몇 번째니? 넌 커서 뭐가 되려고 게임만 하는 거니?"

오늘도 엄마의 잔소리가 끊이지 않고 있지? 이런 얘기를 들으며 집을 나서는 너의 마음도 무척 힘들겠다는 생각이 드는구나. 이렇게 부모님의 수없는 걱정을 들으면서도 게임이 왜 나쁜지 모르겠다면, 나도 모르게 컴퓨터를 키고 있다면, 다른 어떤 것보다 인터넷을 더 할 방법만 궁리하게 된다면 넌 적어도 중독은 아니더라도 인터넷 과다사용으로 문제를 가지고 있는 것은 분명하단다.

인터넷 중독은 크게 세 가지로 진단될 수 있어. 하나는 '금단 현상'이 있는지야. 인터넷을 쓰지 못하게 하니까 참기 힘들고 화가 나니? 조바심이 나고 마음이 좌불안석이니? 머릿속에서 자꾸 게임장면이 생각나고, 하고 싶어서 미칠 것 같으면 금단 증상이 일어난 거야.

두 번째는 '내성'이 있는지 여부야. 나는 분명 인터넷을 1시간만 해야지 했는데 엄마는 3시간째 하고 있다고 얘기한다. 분명 부모님이 허락해주셔서 주말 동안 실컷 했는데 또 하고 싶어서 시간을 늘리고 싶다. 이러면 내성이 생긴 거야. 보통은 아무리 재미있는 일이라도 두 시간쯤 지나면 지루해지고 쉬고 싶다는 생각이 들거든.

그런데 금단이나 내성은 게임이 아닌 다른 일에도 생길 수 있어. 예를 들어 공부를 못하면 짜증이 나고, 아무리 공부해도 더 하고 싶다… 이러면 말이야. 물론 이런 경우는 드물겠지만, 암튼 이럴 경우는 사람들이 중독이라고 하지 않지. 미국 메이저리거인 추신수, 류현진 같은 선수들이 하루 종일 야구장에서 살아도 중독이라고 하지 않잖아. 그런데 너희가 인터넷을 하는 건 왜 중독이라고 할까? 그건 중독을 결정하는 것이 바로 '그로 인해 부정적인 결과들이 나왔는가?'이기 때문이야. 다시 말해 일상생활에 장애가 생겼는가 여부지.

만약 어떤 사람이 운동을 너무 지나치게 해서 다른 사람들을 만나지 않고 먹지도 않는다면 다른 삶이 무너졌기 때문에 운동 중독이라 할 수 있어. 마찬가지로 일에 중독되어서 식구들의 마음은 몰라주고 집에서도 일, 나가서도 일, 관계마저 실종된 사람이라면 일중독이라고 할 수 있지.

인터넷 때문에 너희가 밤늦게 자서 늦게 일어나고, 학교에서도 졸고, 숙제나 공부는 매번 미루고 학원도 빼먹고 몰래 거짓말을 쳐서 PC방에 간다면 그건 너의 일상생활에 큰 장애가 생긴 거야. 엄마 돈에 손을 대서라도 게임하고 싶은 마음이 굴뚝같다면 이건 중독인 거지. 멀리 중독까지 가지 않더라도 과다 사용만으로도 이런 문제가 생기기도 해.

부모님이 너를 걱정하실수록 너도 짜증이 나겠지. 그래서 그 짜증과 스트레스를 잊으려고 또 PC방에 가고. 나쁜 연쇄 고리가 계속 이어지는 거야. 거기서 끝나는 게 아니라 네 속에 깊은 후회감과 죄책감이 자리할 수 있어. 이걸 결코 간단히 봐서는 안 돼. 자신에 대한 실망과 자책이 커질수록 삶에 흥이 나지 않는 거야. 악순환이 거듭되면 스스로 '아무것도 못하는 애', '한심한 사람'이라고까지 여겨서 진짜 별 볼일 없는 삶을 살게 될지도 몰라.

현실은 맘에 안 드는 일투성이야.

내가 뭔가 확 바꾸고 싶지만 그럴 의욕도 용기도 나지 않아.

그냥 불안한 게 싫어.

막연히 그런 마음에 컴퓨터 스위치를 켜게 돼….

만약 게임을 하면서도 마음이 편하지 않다면 너도 이미 그 문제가 위험하다는 걸 알고 있다는 거야. 인정하기 싫을 뿐이지. 그래도 후회하고 있다면 변화의 여지가 있어. 만일 네가 후회조차 하지 않는다면 그건 돌이킬 수 없을 정도인 거야. 통증 센서가 무디어져서 피를 흘리면서도 상처가 난지를 모르는 사람과 같은 거지. 그래서 중독이 무서운 거야. 아마도 부모님이 너에게 "인터넷 좀 그만해라", "PC방 가지 마라" 수없이 잔소리하는 이유도 너희들이 중독이 되어서 문제가 뭔지도 모르는 지경이 될까 봐 염려가 되어서일 거야. 생각해보렴. 너희들이 자라서 세상의 중심에서 영향을 미칠 주역이 될 텐데, 세상에 무관심하고 오로지 인터넷만 하고 있다면 얼마나 끔찍할지 말이야.

그래. 너희들이 놀 만한 여가거리가 별로 없고, 스트레스를 풀 때 인터넷이나 게임 만한 것이 없다는 것을 샘은 잘 알아. 게임에 별로 흥미가 없더라도 친구를 사귀기 위해서라도 게임을 하게 되는 요즘 문화를 샘도 잘 알아. 어쩌면 유일하게 너희 마음을 달래주고 인정해주는 공간이 인터넷일 수도 있다는 걸 알고 있단다. 때로 네가 결코 중독이 아닌데 부모님이 억울하게 중독으로 몰고 있으며, 너희를 믿지 못해서 끊임없이 잔소리한다는 것까지도 알고 있어. 하지만 그럼에도 너희가 이것만은 꼭 기억해주었으면 좋겠어.

네 삶의 선택은 너희가 하는 거고 그 결과도 너희들이 책임진다는 것을. 부모님이 너 대신 걱정해줄 수는 있지만, 네 삶을 대신 살아 줄 수는 없어. 지금은 달콤한 사탕일지 모르지만, 인터넷에 빠져 사는 시간은 결국 너에게 독으로 다가올 거야. 인터넷에 지나치게 의존해서 다른 삶의 영역들이 무너진다면 그 후폭풍은 고스란히 너희가 짊어져야 해. 그게 너희들이 진짜 원하고 바란 게 아니잖니?

네 속에 무언가 열정을 쏟을 에너지가 있다는 걸 알고 있단다. 언제든지 준비만 된다면, 무엇을 해야 할지 찾기만 한다면 그 누구보다 더 그 일을 잘 해낼 거고 최고가 되고 싶겠지. 그렇기 때문에 그 마음을 '정크 푸드(쓰레기 음식)'로 채워서는 안 돼.

인터넷, 게임을 아예 하지 말라는 얘기는 아니야. 균형 있게 써야 한다는 것이지. 그런데 인터넷(게임)이 빨아들이는 에너지는 너무 강력해서 자기통제력이 높은 어른도 무너지기 쉬워. 하물며 열심히 자라고 있는 너희는 더하지 않겠니? 조그마한 것에 영향을 받고 쉽게 마음이 무너질 수 있는 예민한 너희이기 때문에 더욱 균형 있게 쓰기 위한 노력과 훈련이 필요해.

아직 중독은 아니지만 과도하게 쓰는 편이라면 더욱 균형 있게 쓰려고 노력해야 해. 지금 나의 선택이 미칠 영향이 무얼지, 내가 소중하게 생각하는 사람들에게는 어떤 영향을 미칠지, 점차 둘러가야 하는 나의 미래는 어떨지를 한번 생각해보면 좋겠다. 잊지 마. 삶의 주도권은 네게 있다.^^

인터넷을 균형 있게 쓰려면 이렇게 해보자!

최소한의 데드라인을 정하자

스스로 마감시간 혹은 규칙을 정해놓고 하는 거야. 예를 들면 캐시를 지르기 위해서 부모님의 신용카드는 쓰는 행위는 절대 하지 않는다. 1주일 동안 인터넷 사용시간은 총 10시간을 넘지 않는다. 게임을 3시간 했으면 반드시 운동을 30분 한다.

컴퓨터 앞에서 벗어나자

간식도 컴퓨터 앞에서 먹고, 식사도 컴퓨터 앞에서, 자는 것도 컴퓨터 앞에서, 이건 절대 아니 아니 아니되오!! 너의 모든 일상을 컴퓨터 앞에서 보내고 있다면 얼른 벗어나야만 해. 밥과 간식은 식탁에서, 잠은 네 침대에서 이건 너무도 당연하잖아. 그 당연한 일과를 못하고 있다는 것이야말로 내 삶의 균형이 깨져 있다는 증거겠지?

알람을 이용하자

인터넷을 하다 보면 시간이 얼마나 지났는지 모르게 되거든. 그렇기 때문에 내가 사용시간이 얼마나 지났는지를 알리는 사인이 필요해. 알람을 몇 분 간격으로 맞춰놓고 컴퓨터에서 멀리 떨어진 곳에 놓아두자. 알람이 울리면 그걸 끄기 위해서 한 번 자리를 뜨게 돼. 그동안 '생각의 전환'을 해보자. 전문용어로 '각성(자극)'이라고 해. 컴퓨터 앞을 떠나며 알람을 들으면서 생각이 자극되면, 이성적으로 판단할 수 있고 그 순간 다시 한 번 선택할 수 있거든. 계속 게임할지 이제 그만해야 할지를. 아날로그 시계를 컴퓨터 앞에 놓는 것도 도움이 된단다.

가급적 꼭 해야 할 일을 마친 다음에 하자

자기 할 일을 마친 다음에 인터넷을 하면 누가 뭐라고 하겠니? 급하게 해야 할 일, 꼭 하지 않으면 안 될 일을 마무리하고 나서 느긋하게 인터넷을 시작하렴. 혹시 해야 할 공부가 너무 많아서 그것은 끝낼 수 없기 때문에 처음부터 하지 않을 생각이라면, 그날의 공부를 작게 쪼개는 것도 괜찮단다. '공부를 4시간 해야지'가 아니고, '두 시간 집중해서 공부하고 인터넷을 해야지'로 조정해보렴. 내가 인터넷을 하고 나서 할 일을 하려면 이미 그때는 시간이 없다는 걸 우리는 알고 있잖아.

안녕하세요. 중학교 2학년 남동생을 둔 고3 누나입니다. 다름이 아니라 게임을 많이 하는 우리 동생 때문에 저희 집이 하루도 조용할 날이 없어요. 저는 공부를 못하겠고요. 우리 동생이 매일 게임을 하느라 가족과 아무것도 같이 하지 않으려 해서 엄마는 그것 때문에 늘 화를 냅니다. 동생은 심지어 밥도 자기 방에서 먹는다고 하고, 화장실도 잘 가지 않아요. 심부름도 안 가고, 아빠가 산책 가자고 해도 안 움직이고요.

예전에는 아빠가 일찍 퇴근하면 같이 운동도 하고 그랬는데 지금은 게임 시간을 놓친다고 거의 움직이지 않아서 살도 엄청 쪘어요.

부모님이 게임 시간을 정해놨는데, 매번 더하려고 실랑이하고, 심지어 제 컴퓨터에서 게임한다고 비키지도 않아요. 전 공부하느라 컴퓨터를 잘 쓰지 않기는 해도 가끔 쉬는 시간에 검색하고 음악도 듣는데 동생 때문에 매우 불편합니다. 숙제도 맨날 밀리고 밤늦게까지 '쏴! 쏴!' 같은 게임 소리 때문에 잠도 못 자요. **아! 도대체 남자애들은 왜 게임을 그렇게 하려는 걸까요?**

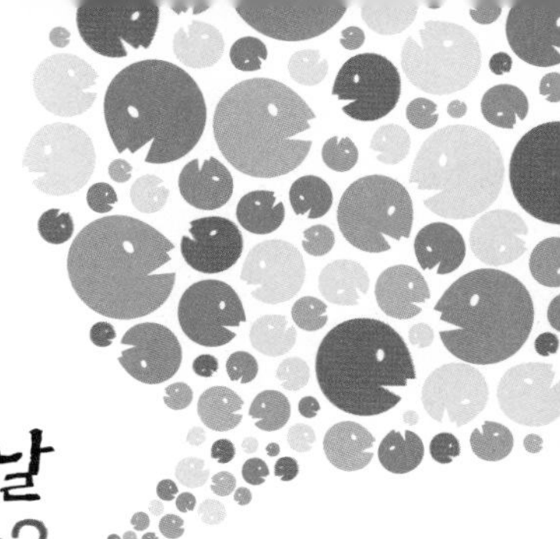

남자 친구들은 왜 맨날 정신없이 게임만 하죠?

남학생들은 왜 게임을 많이 할까? 인터넷 사용 내용에 대한 연구 결과를 보면 여학생은 주로 쇼핑이나 채팅에 시간을 쓰고 남학생은 99%가 게임을 한다고 해. 최근에는 여학생도 게임을 많이 하는 추세라고는 하는데, 샘의 상담실에 찾아오는 아이들은 대부분 남학생이야. 아마도 여학생들은 관계를 중요하게 여기기 때문에 누군가와 함께하는 것, 내 경험을 자랑하고 뽐내기 위해서 채팅이나 쇼핑에 더 많이 시간을 쏟는 것 같아. 반면 남학생은 성적 에너지가 많기 때문에 그런 것을 잊기 위한 나름의 노력으로 게임에 몰두하는 것 같아. 남성 호르몬이 공격적이고 경쟁적으로 만들기 때문에 게임에 더 몰두하는 게 아닌가 하는 생각이 들어.

현실에는 좀처럼 없는 확연한 승패.

뇌를 자극하는 화려한 사운드와 비주얼!

마음껏 분출할 수 있는 강한 욕구와 호기!

게임 세상은 정말 우리를 홀딱 반하게 할 만큼 흥미진진해.

하지만 그만큼 현실로 돌아왔을 때의 네 괴리감과 외로움은

더욱 커진단다.

암튼 너희의 게임 열풍 때문에 부모님의 고민은 한두 가지가 아니야. 대부분 멀쩡하던 아이가 게임하면 이상한 애가 되어 간다고 믿으시는 것 같아. 게임을 말리면 소리를 지르고 난폭해지기까지 하니 말이야. 부모님들은 게임이 우리 아이들을 괴물로 만든다고 믿기 때문에 이 시각 차이로 가족 간에 싸움도 끊이지 않는 것 같아.

하지만 원래 게임은 나쁜 것만은 아니야. 게임 가운데는 해답을 궁리하고 머리를 쓰게끔 도와주는 게임도 있어. 게임하는 동안 전략을 짜고, 기획하고 판단하는 능력이 늘어나거든. 아, 물론 너의 심심함을 달래주기도 하고, 가끔은 현실에서 맛보기 힘든 짜릿한 성공(성취감)도 주지. 무엇보다 인간은 새로운 자극을 추구하는 욕구가 있는데, 게임은 그것을 만족시켜주거든. 우선 시각적, 청각적으로 재미와 흥미를 주잖아. 컴퓨터만 켜면 화려한 영상들을 쉽게 볼 수 있는 걸. 샘이 상담한 친구는 게임을 하는 이유가 마지막 단계까지 돌파했을 때 나오는 팡파르와 화려한 그래픽 쇼가 궁금해서라고 해. 그만큼 풍성한 볼거리들이 많아. 궁금함의 자극을 계속 주고, 호기심을 채워주고 있을 뿐 아니라 유저(게임사용자)들이 게임을 변형해서 새롭게 올리는 게임도 있어서 창작도 가능하거든. 매번 새로운 도전이 가능해지는 거지.

너희가 게임에 매력을 느끼는 이유는 또 있어. 게임이 청소년의 갈급한 욕구를 보상해주거든. 사춘기가 되면서 아이들은 자유와 독립을 갈망하게 되지. 하지만 그 간절함과는 달리 가정과 학교에서 통제와 규율로 둘러싸고 있잖아. “해라”와 “하지 마라”는 말만 줄곧 듣고, 무엇 하나 내 마음대로 선택할 수 있는 게 없잖아. 그런데 게임은 아이들에게 자유의 통로가 되는 거야. 게임 속에서는 ‘자기 주도’, ‘자기 선택’, ‘자기 이상’이 가능하니까. 게임의 종류나 전략도 내가 선택하고, 아이템이나 팀도 내가 선택해. 내가 성취감을 맛볼 수 있거든. 내가 어떤 능력을 갖고 있는지, 내가 괜찮은 사람인지 아닌지를 만들어가고 있는 거야.

게다가 게임에서는 현실과 다른 내 모습을 만들 수 있어. 작고 뚱뚱한 나는 게임 속에서 크고 날렵하고 핸섬한 사람으로 바뀔 수 있으니까. 아직은 자기정체감이 형성되지 않은 너희 시기에 자신의 모습을 꽤 그럴싸하고 멋있게 만드는 유혹은 참기 힘든 매력이잖아. 뭐든 선택할 수 있고, 멋지고 인기 있기란 현실 속에서는 쉽지 않으니까. 모두가 나를 주목하고, 나에게 말을 걸기 위해 애쓰고. 게임에 접속하고 있으면 아이들은 말을 걸어. “님하! 그 갑옷 어떻게 구하나염?”, “님 멋져염!!”, “나도 좀 도와주셈~” 이런 부러움을 즐기기 위해 게임을 하는 건지도 몰라. 다른 사람에게 박수와 환호를 받고 ‘잘했다’는 칭찬을 받을 수 있지. 현실에서는 칭찬을 받아본 적이 가물가물한데, 게임만 하면 즉각적인 칭찬과 보상이 나오는 거야. 어떤 아이는 공부를 잘 못하는데, 게임에서는 인정을 받으니까 엄마에게 혼나도 계속한다고 하더구나. 이제 너희가 왜 게임에 더욱 빠져드는지 이해할 수 있겠지?

> 현실에는 좀처럼 없는 확연한 승패.
> 뇌를 자극하는 화려한 사운드와 비주얼!
> 마음껏 분출할 수 있는 강한 욕구와 호기!
> 게임 세상은 정말 우리를 홀딱 반하게 할 만큼 흥미진진해.
> 하지만 그만큼 현실로 돌아왔을 때의 네 괴리감과 외로움은
> 더욱 커진단다.

네가 게임으로 인해 부모님께 화를 내고, 폭력성을 보인다면 게임의 좋은 기능은 이미 작용하고 있다고 볼 수 없어. 네가 게임이 주는 즉각적인 보상만 탐하게 되어 좋은 기능조차 악용하고 있는 셈이야. 게임 안에서도 성실함, 책임감, 협동심, 기획능력, 창의성, 열의, 순발력, 판단력, 부끄러움이 있어. 보이지 않는 그 속에서도 근면한지, 게으른지를 배우게 되는 거지. 게으르고 불성실한 아이는 게임 사회에서도 끼지 못해. 서로 초청해서 게임 팀을 이룰 때 배제되거든. 너는 최선을 다해서 팀전(팀이 연합해서 전쟁을 치름)을 치루고 있는데 부모님이 화가 난 나머지 갑자기 컴퓨터 코드를 뽑는다면 네 공격성이 올라가는 건 당연해. 너는 단순한 게임이 아니라 팀에서

맡은 역할을 수행하고 있고, 얼마나 잘해내는지에 따라 팀에게 이익을 주느냐가 달려 있으니까 말이야. 하지만 부모님들은 그 게임의 중요도를 잘 모르셔. 부모님이 코드를 뽑아서 네가 화가 난다고 해서 그걸 공격적으로 표현한다면 그건 너만 이상해 보이는 상황이 되어버려. 네 난폭한 모습을 본 부모님은 자연히 게임의 악영향이라고 믿게 되시는 거지. 부모님의 잔소리에 속상해하기보다 이제 네 그런 입장을 차분히 이야기해보는 건 어떨까?

사실 너희가 게임에 빠지게 된 데는 게임업체의 책임도 커. 처음에는 무료로 사용하게 했다가 어느 순간 인기 게임이 되면 유료로 바꿔버리기도 해. 유리하게 게임을 하기 위해 아이템을 사도록 유혹하는 등 각종 이벤트(아! PC방 가면 보너스가 더 높아. 그래서 PC방에 자주 가게 되지)로 너희들이 컴퓨터 앞을 못 벗어나게 만들거든. 상업적인 전략만 알아도 너희가 유혹에 넘어가는 일이 적을 텐데.

샘이 어릴 적에는 학원을 다니긴 했지만 바깥에서 노는 시간도 있었어. 놀이를 통해서 스트레스를 해소하고, 사회성을 배우고, 규칙을 배웠지. 하지만 요즘 너희들은 학원을 다녀와서 놀 시간도 별로 없잖아. 친구들도 다 바빠서 만나려면 시간을 힘들게 맞춰야 하고, 뭐든 돈이 들지. 입시와 부모님의 잔소리로 받는 스트레스를 어떻게 풀어야 할지 너희도 고민이 될 것 같아. 그걸 해결할 만한 마땅한 놀이문화, 여가거리가 없다는 것이 참 안타깝구나. 하지만 그래도 게임에만 의존하면 많은 문제가 생겨. 이제 게임에서 벗어나는 방법을 적극적으로 찾아보는 건 어떨까?

게임, 이것만은 꼭 주의하자!!

1. 게임회사의 이벤트! 그것은 곧 네 생활을 망치는 독이 될 수 있어. 이걸 꼭 기억하자.
2. 게임 시간! 정말 짜릿해서 게임하는 시간은 전체 게임 시간 중 몇 십 분에 불과해. 그 다음은 습관적으로 게임의 노예가 되어 있는 것임을 기억하자.
3. 현실에서 인정받기! 네가 게임을 잘하고 싶다는 건 현실에서도 잘하고 싶다는 거고, 주인공이고 인정받고 싶다는 거야. 그런데 네가 게임을 할수록 현실에서 그 욕구를 이룰 기회는 더 멀어진다는 걸 기억하자. 네가 소중하고 인정받고 싶은 만큼 현실에서 더 힘내서 차근차근 밟아나가는 용기가 필요해.
4. 게임에서의 팀플레이! 너는 그만두고 싶어도 팀전이 너를 유혹하고, 게임 한 판 하자는 친구들이 있는 한 끊기 어려울 거야. 오늘은 No!라는 단호함을 발휘해보자.
5. 시간의 비율! 온라인 : 오프라인 = 1:4 또는 2:5 정도 되어야 돼. 이걸 넘어서거나 서로 뒤바뀌면 균형이 깨져.

우리 집은 동생이 스마트폰을 너무 써요. 스마트폰을 사주면 컴퓨터를 덜하겠다고 해서 부모님이 저랑 동생에게 스마트폰 사주셨는데요, 얘가 거의

손에서 스마트폰을 놓지 않아요.

밥 먹을 때도 '톡톡' 메시지 소리가 들리면, 밥숟가락을 들었다가도 놓고 문자를 보내요. 거실에서 TV를 볼 때든, 혼자 방에서 있을 때든 스마트폰을 들여다보며 낄낄거리고요. 공부하다가도 스마트폰을 수시로 확인하니까 엄마가 짜증냈어요. 근데요. 얘가 밤에 잘 때도 친구와 얘기한답시고 늦게까지 스마트폰을 하는 거예요. 그러다 아침에 늦게 일어나서 엄마가 신경질 내면 덩달아 아빠도 화를 내시구요. 저도 스마트폰이 재미있고 그래서 동생의 마음을 알 거는 같지만 그래도 너무 심한 것 같아요. 어떻게 좀 도와주세요.

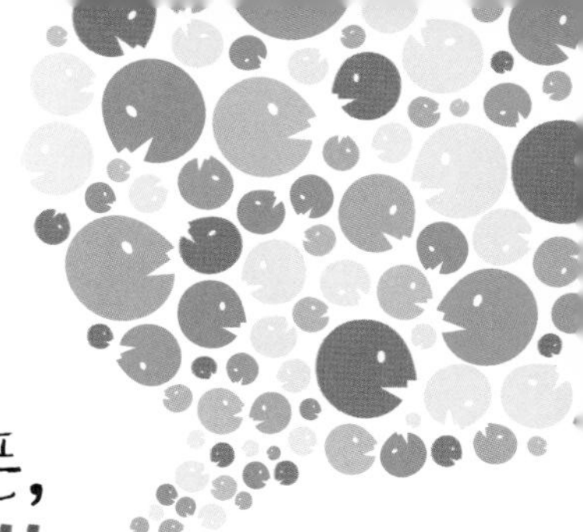

손에서 놓을 수 없는 스마트폰,
너를 어쩌면 좋으니!!

얼마 전 샘이 만난 친구는 수업시간에 카톡을 하다가 걸려서 폰 뺏겼다는 얘기를 했어. 1주일간 스마트폰 중지라고 이야기하는데 아이의 얼굴은 세상을 모두 잃은 것 같은 슬픈 표정이었어. 그만큼 스마트폰은 너희에게 소중한 물건이겠지. 전화 통화와 문자 메시지 외에도 컴퓨터에서 하던 채팅이 가능하지, 재미있는 게임도 많지, 동영상이나 카메라는 물론이고 이메일이나 영화예약도 가능한 그런 똑똑한 휴대폰을 더 찾지 않으면 그게 이상한 거겠지.

그런데 말이야. 기계에게 사람이 밀리는 기분을 혹시 알고 있니? 우리는 어느 순간 사람이 소중하다고 하면서도 스마트폰보다 못한 대접을 할 때가 많아졌어. 친구가 좋다면서 친구의 눈을 보고 얘기하기보다는 쉴 새 없이 스마트폰을 들여다보며 메시지를 보내지. 그러는 동안 옆 친구가 어떤 표정이었는지, 어떤 고민이 있는지 관심 없는 우리의 모습을 생각해보렴. 진짜 사람이 기계보다 소중한 게 맞는지. 어쩌면 저녁 먹는 시간에도 식구들 얼굴보다는 스마트폰에 신경이 가 있진 않았니.

샘도 얼마 전에 그런 실수를 저질렀어. 급하게 업무 때문에 연락을 주고받아야 해서 간만에 만난 친구를 섭섭하게 했거든. 정말 보고 싶은 친구였는데도, 그간 어떻게 지냈는지 이야기꽃을 피우기보다 스마트폰 채팅으로 업무를 처리하느라 친구에게 신경을 못 썼어. 친구가 지루해하고 섭섭해 하고 있다는 것도 눈치 채지 못했어. 우리에게 그렇게 시간이 많지도 않았는데 말이야. 스마트폰을 꺼놓았더라면 그 친구와 더 많이 이야기했을 텐데. 물론 그 친구는 샘의 바쁜 상황을 이해했지만 그래도 마음 한편으로는 서운했을 거야.

예전에 샘이 좋아하는 남자 애한테 용기를 내서 겨우 전화를 걸었던 적이 있었어. 어렵사리 말을 걸었는데, 전화기 너머로 계속 키보드를 두들기는 소리가 들리는 거야. 샘이 "지금 게임 중이니?"라고 물었더니 그렇다고 하더라. 샘은 농담으로 얘기했지. "뭐야! 내가 지금 기계에게 밀린 거야? 그런 거야?" 그랬더니 그 친구가 하는 말이 "미안! 지금 게임을 꼭 해야 하거든." 이었어. 샘은 그 순간 '이 아이는 나를 소중하게 생각하지 않는구나.'라고 생각했고, 빨리 전화를 끊었어. 물론 내가 그 남자애의 재미난 시간을 방해했다는 걸 잘 알아. 하지만 그 모든 것을 다 알고 있어도 섭섭했는걸. 정말 기계에게 밀리는 것 같았어. 샘이 얼마나 용기 내서 전화했는지 그 친구는 알 턱이 없을 테니까.

그 기억이 떠오르자 스마트폰 때문에 나의 소중한 친구를 잘 대하지 않은 샘의 모습이 더욱 놀라웠어. 우리가 스마트폰에 몰입할수록 아마 내 옆에 사람이 없어도 별로 이상하게 생각하지 않고 더 기계에만 빠져들지도 모를 일이야.

스마트폰에서 눈을 떼어 친구의 얼굴을 보렴.
엄마의 얼굴, 누나의 얼굴, 선생님의 얼굴도.
사람이 기계보다 못한 존재가 되어가는 날.
어쩌면 꽤 가까이 와 있을지도 모르니까.

게다가 스마트폰은 이름과 달리 우리를 어리석게 만들잖아. 그 증세가 벌써 나타나 있을걸? 파리가 윙윙 거리는 것처럼 다른 사람의 소리가 잘 안 들려서 큰 소리로 말해야만 알아듣고(소음성 난청) 분명 진동이 울리지도 않는데 어디선가 내 폰이 울리는 것 같은 착각이 들어(유령진동증후군). 디지털 치매는 어른이고 청소년이고 상관없이 생겨. 집 전화번호도, 베프의 생일도 까먹는 우리. 우리는 벌써 기계에 너무 의존해서 그만큼 덜 기억하고 덜 생각하고 있어.

스마트폰도 인간이 만든 기계인데, 왜 우리가 거기에 휘둘려야 하지? 스마트폰이 아무리 신상이고, 멋있고, 재미있어도 기계일 뿐이야. 그것이 친한 친구나 가족을 대신할 수는 없어. 아마 너희에게 스마트폰을 사주고 부모님이 이내 후회하는 이유가 이것 때문인지도 몰라. 스마트폰을 사주기 전에는 아빠의 눈을 보며 말하던 너희가 이제는 밥 먹을 때조차 얼굴을 봐주지 않으니까.

청소년이 스마트폰으로 주로 하는 것은 '카톡'과 같은 메신저와 '애니팡' 같은 게임이라는 통계가 있어. 너희는 메신저 채팅에 많이 빠져드는데, 그만큼 누군가와 소통하고 싶은 욕구가 강하다는 거야. 지금 내 기분은 어떻고, 무엇을 하고 있고 그것에 대해 반응하는 누군가와의 소통! 그것을 강렬히 원하거든. 그런데 스마트폰으로 인해 오히려 내 곁의 사람들과 소통을 차단하는 격이니 내 욕구와는 맞지 않는 행동이지. 스마트폰 채팅에 빠지는 건 어쩌면 새로운 세계에 나 말고 같이 떨어진 누군가가 있다는 것을 자꾸 확인하고픈 마음 때문일지도 몰라. 누군가 나의 외로움에 공감해줄 동행자를.

애니팡 같은 게임도 역시 단순하지만 관계를 통해서 이루어져. 게임을 하고 싶으면 친구에게 하트를 날려야 하고, 고득점을 얻으려면 또 하트로 아이템을 사야 하는데 그러려면 친구를 불러들여야 하니까. 내 친구가 랭킹이 올라가면 괜히 경쟁심이 생기고, 묘한 자극이 되면서 게임에 빠져들게 돼. 승부욕을 건드리면서 관계의 끈을 놓지 못하게 하는 거야.

사실 스마트폰이 언제나 너희에게 외로움과 부족함을 채워주는 건 아니야. 오히려 너희에게 굉장히 악영향을 끼치기도 해. 스마트폰 중독(금단, 내성, 일상장애, 가상세계와의 혼란) 문제도 있지만 스마트폰으로 마구 뿌려지는 유해 정보들이 너희의 정서를 해칠 수도 있지. 최근 사이버폭력, 사이버 청소년 성매매 등이 스마트폰으로 이뤄지고 있는데, 스마트폰이 너희에게 나쁜 영향을 준다는 예가 되겠지.

이런 면 때문에 선생님도 가급적 스마트폰을 늦게 사는 걸 권해. 너희가 아니라 너희를 둘러싼 환경을 믿지 못하기 때문이야. 그리고 너희가 자기 자신을 통제하는 능력을 길렀으면 좋겠어. 그렇지 않다면 앞서 말한 좋지 않은 영향들이 네 생활에 침투해 많은 부분을 망쳐놓을 수도 있거든. 어떻게 자기 통제능력을 길러야 할까?

먼저 너희 스스로 스마트폰을 매일 일정 시간 쓰지 않도록 해보는 거야. 스스로 잘 지키지 못할 것 같으면 부모님께 스마트폰을 맡겨보는 것도 생각해봐. 또, 애플리케이션을 다운받을 때는 정말 쓸모 있는 건지 생각해보자. 데이터 용량도 최소 양만 신청해 쓰는 습관을 기르자. 무엇보다 오프라인의 시간을 늘리는 게 필요해. 가끔 기계를 내려놓고 혼자 걸어보고, 책도 읽으면서 생각을 채워보렴. 소중한 사람을 만날 때는 스마트폰을 잠깐 꺼놓는 센스도 부탁할게!

스마트폰 유해정보를 어떻게 막을까?

1. 스마트폰을 부모님 명의가 아니라 청소년 명의로 구입하자. 부모님 명의로 할 경우 유해정보에 노출될 확률이 더 크거든.

2. 각 통신사의 '청소년안심서비스'에 가입해보자. 너희를 보호하기 위해 지원되는 각종 서비스를 받을 수 있어.

3. 유해정보 차단 프로그램를 설치해보자.

1) 스마트보안관 설치

스마트보안관은 T스토어, 구글플레이, KT올레마켓, U+앱마켓 등 오픈마켓과 한국무선인터넷산업연합회 홈페이지에서 QR코드로 설치할 수 있어. 주요 기능은 불법, 유해 앱 실행 및 접속 차단, 유해콘텐츠 탐지 및 차단, 자녀 앱 설치 목록 및 접속사이트 확인, 설치 앱 및 접속 사이트 차단, 스마트폰 설치 앱 이용시간 시간 설정, 위치 확인 등이 있어.

2) 엑스키퍼 설치

http://www.xkeeper.com에서 유료 다운받을 수 있어. 주요 기능은 유해 사이트 및 애플리케이션 차단, 유해물 차단 내역을 실시간 확인, 자녀 위치 조회, 스마트폰 사용시간 관리, 스마트폰 모니터링(사용패턴 확인, 방문사이트 확인, 앱 사용시간 확인)이야.

친구들이 학교가 끝나면 PC방에 가더라구요. 저도 친구를 사귀고 싶어서 몇 번 따라갔습니다. 첨에는 게임 방법을 잘 몰라서 헤맸는데 지금은 정말 잘해요. 애들이랑 어울리려고 죽어라 연습해서 지금은 렙업도 하고, 득템도 하면서 게임이 익숙해졌습니다. 당근 아이들이랑 말할 거리도 생겨서 친구들과도 잘 지내게 된 것 같습니다.

그런데 친구 중에는 스트레스를 받을 때 게임을 하면 풀린다면서 키보드를 미친 듯이 두들겨 대고, 욕하면서 게임하는 애도 있어요. 컴퓨터를 하다 보면 걱정도 사라지고 열 받는 일도 잊어버려서 좋다고 합니다. 하지만 제가 보기엔 게임을 하면 친구랑 친해지기는 하지만 다른 문제가 해결되는 것 같지는 않거든요. 게임하다가 엄마에게 혼나면 스트레스가 더 쌓이고 형이 게임을 오래하면 중독된다고 해서 그것도 걱정됩니다. 하지만 게임 대신 딱히 뭘 해야 할지 모르겠어요.

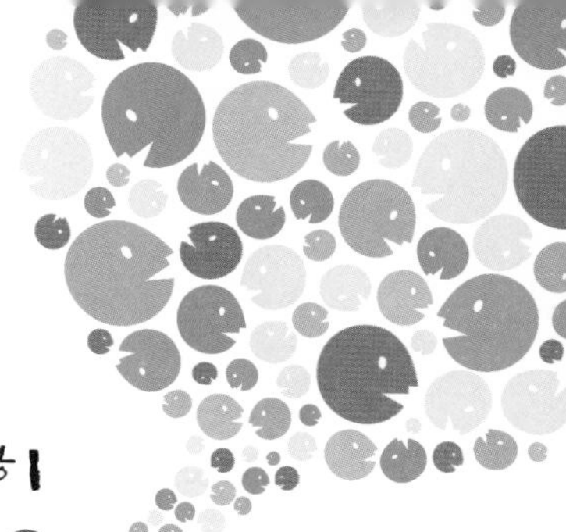

게임 말고 딱히 할 일이 없는걸요?

피겨여왕 김연아 선수는 1만 시간의 연습시간을 가졌다고 해. 1만 시간은 하루에 3시간씩 꼬박 쉬지 않고 10년간 연습해야지 가능한 시간이야. 아마 김연아 선수가 어렸을 때 하루에 3시간을 넘어 5시간씩, 10시간씩 스케이팅을 탔을지도 몰라. 그때도 사람들은 "어린 애가 대단하다. 열심이다."라고 말했을 거야. 아무도 "스케이팅 중독이야. 재 미쳤나 봐"라고 하지 않았겠지. 박지성 선수가 평발임에도 힘들게 축구공을 찼을 때 아무도 "할 일이 그리 없나? 쯧쯧." 하지 않았을 거라고. 오히려 어린 선수들이 마음을 다잡고 노력하는 모습을 감동적으로 보고 응원했을 거야.

3시간, 10시간. 어쩜 그 이상의 시간을 투자해도 왜 인터넷은 중독이고, 스케이팅이나 축구는 중독이라고 하지 않을까? 그것은 자신에게 이롭고 도움이 되는 시간이고 자신의 열정을 제대로 발휘할 수 있는 시간이기 때문이야. 샘이 상담실에서 만나는 수많은 청소년은 모두 멍한 눈빛 뒤로 '나도 무언가 빠질 만한 열정이 있다', '나도 뭔가 열심히 한다는 걸 보여주고 싶다'라는 마음이 있었어. 하지만 아직 무엇을 해야 할지 알지 못하고, 정하지 못했을 뿐이지.

너희들은 무언엔가 열정을 쏟을 만한 걸 찾고 있어. 그게 어른들이 생각하는 방향이 아니어서 그렇지. 혹은 그게 창조적인 일이 아니어서 그런 것뿐이지. 사실 돌이켜보면 움직이지 않고 10시간씩 게임한다는 것도 놀라운 집중력이고, 몰입이야. 어른들은 아무리 재미있어도 움직이지도 않고 그렇게 하기는 쉽지 않거든. 방향을 이롭다면 너희에겐 무언가 깊이 빠져들 열정이 있어. 그 폭발적인 에너지를 감당할 수 없을 만큼 말이야.

우리 사회는 너희에게 그 에너지를 공부에만 쏟기를 바라고, 그래야만 인정해준다고 말하기 때문에 너희가 상처를 받고 좌절한 일이 많았을 거야. 하지만 그렇다고 너희에게 에너지와 열정이 없다고 의심하지는 마. 이미 게임이나 인터넷으로 그 에너지를 보여주고 있잖아. 그게 부정적인 것만은 아니야. 다른 잠재력, 가능성을 말해주고 있어. 제대로 집중할 수 있는 이로운 방향만 찾는다면 너희 역시 김연아와 박지성 못지않게 응원을 들으며 열정을 불태울 수 있어.

너희는 눈빛과 태도로 항상 이렇게 이야기하고 있단다.

"공부가 아닌 어떤 것이라도 내가 할 수 있는 것을 알려주세요. 내가 그걸 잘한다고 믿고 싶고, 그걸로 성공하고 싶습니다!" 라고.

하지만 어른들이 너희 진심을 잘 알지 못하고 공부만을 내세워. 그런 어른들에게 너희는 자주 휘둘리고, 자꾸 우왕좌왕 하는 자신의 모습에 불안해하지. 다른 아이들에 비해 나는 한없이 작고 초라하게만 보이기도 해. 스스로 무엇을 잘하는지도 모르겠고. 그런 너희들에게 부모님은 숨이 턱 막히는 말을 하더라.

"네가 원하는 게 뭐니? 말해 봐! 하고 싶은 게 있음 다 시켜줄게"

"학원 보내 준다고 해도 네가 안 한 거잖아." 등등.

상담실에 와서 절망에 빠진 너희들의 얘기를 들을 때 샘도 고통이 느껴지는 것 같아.

"샘! 부모님이 원하는 것 무엇이든 해준다고 하는데 그게 더 부담스러워요. 차라리 하지 않으면 안 했다는 얘기를 듣지만요. 했다가 못하면 부모님은 '그것도 못하면서! 그러니까 왜 했어??'라고 얘기할 텐데 그 소리를 어떻게 들어요?"

무언가 몰두했는데 혹여 실패하면 어쩌지 하는 두려움! 실패 뒤에 올 부모님의 실망. 잔소리. 그 쓰라림을 받아들여야 하는 너희의 마

음을 샘은 조금 알 수 있을 것 같아. 그래. 두려움을 맛보느니 차라리 아무것도 하지 않고, 그냥 편한 게임에나 몰두하는 편이 더 낫다고 볼 수도 있겠다.

하지만 그럼에도 너희는 다른 것들을 찾아보고 경험해봐야 해. 하고 싶은 게 뭔지, 스트레스를 날릴 만큼 좋아하는 게 뭔지 끊임없이 찾아보렴. 이제 겨우 한두 번 실패해보았을 뿐이잖아. 잘나가는 야구선수라도 3할이라는 높은 타율을 만들기 위해 7할이라는 더 많은 실패를 견뎌야 한다는 것을 잊지 말자. 내게 정말 이롭고 즐거운 '방향 찾기' 하나가 성공하기까지 얼마나 많은 반복된 경험과 시도가 있어야 하는지 알아야만 해. 너희가 처음 게임을 시작했을 때도 시행착오가 있었지만 견뎌냈잖아. 다만 게임에 네 꿈이 있지 않다면, 이제 네 꿈과 이로운 성장이 있는 쪽으로 방향을 바꿔야만 해. 네 열정으로 네가 더 빛나게 보이게끔 노력하는 거야.

네게 잠재력, 열정, 능력이 보이지 않는다면 그건 네가 믿지 않기 때문에 보이지 않는 거야. 그것이 꼭 김연아 선수나 박지성 선수처럼 유명해질 만한 수준이어야 하는 건 아니야. 그것이 꼭 최고가 아니어도 괜찮아. 네 속에 잠재력이 엄청 많다는 걸, 무언가 해낼 수 있는 능력이 있다는 걸 믿으면 되는 거야. 우선 믿어 봐. 그리고 눈을 들어서 네가 무엇을 하면 즐거워하고 재미있어 하는지 집중해서 찾아보자. 성격적으로, 능력 면에서, 흥미 면에서, 외모적으로, 환경적으로 도움이 될 만한 것을 찾아보자. 아마 게임보다 훨씬 네 피를 뜨겁게 하고, 몰입하게 될 거야. 그 활동을 일단 찾았다면 더 잘할 수 있도록 만들어 가면 되는 거야. 그것이 나를 위대하게 만드는 보물이 되어줄 거라 믿고, 활용하는 용기도 필요해. 한 번에 성공하는 건 아무것도 없어. 혹 한 번에 성공한다면 그만큼 강해질 기회가 줄어드는 거야. 실패하면서 더 강해지게 된다는 걸 잊지 마. 너도 모르게 주변의 평가절하하는 생각에 맞서렴. 너도 모르게 높은 기준을 잡고, 잘 안 될 것 같은 생각에 맞서야 해.

또 열심히 하지 않는 내 자신 때문에 '이것이 아닌가 봐'라고 생각하지 마렴. 네 선택이 왠지 불안해서 다른 재미거리를 찾고, 좀 더 쉽고 편한 길로 가고 싶은 우리의 게으름이 올라온 것일 수도 있으니까. 너희는 3할의 성공을 위해 7할을 실패하는 중이니까. 다시 말해 너희는 저력을 쌓고 있는 중이야. 그러니까 약해지는 마음에 무너지면 안 돼. 무엇보다 이 시기는 금방 끝나지 않아. 김연아 선수가 스케이팅을 1만 시간 동안 탄 것처럼 끈기 있게 노력해야 한다는 걸 기억하자.

나만의 창의적인 활동을 생각해보자!!

- 반려 동물을 내 힘으로 돌보기
- 롤러보드 타는 걸 마스터하기
- 포토샵을 제대로 배우기
- 라면으로 만드는 퓨전요리 10개 만들기
- 잡지책에서 옷을 오려서 100개의 스타일 만들어보기
- 음악만 듣고 가사 생각해보기
- 나의 인생 영화로 만든다면 어떻게 그릴지 스토리 만들어 보기
- 한 달간 네 권의 책에 도전하기
- 1주간 국내여행의 계획을 짜고 도전하기
- 디카로 오감놀이 찾기(먹거리, 볼거리, 들을 거리, 즐길거리, 생각 거리)
- 퀼트로 가방 만들고 플리마켓에서 팔아보기
- 주말마다 걷기 여행 하기
- 태권도 검정띠를 딸 때까지 연마하기
- 기타 코드마다 5곡씩 연주하기

저는 고등학교 1학년 여학생이에요.

저는 인터넷을 많이 하지 않지만 블로그를 운영하고 카스나 페북에 사진을 자주 올리거든요. 친구들의 페북을 보면서 댓글 달아주는 걸 참 좋아해요. 그런데 애들은 저에게 답이 없을 때가 많아요. 길게 답을 쓰지 않고 그냥 '좋아요' 를 눌러줘도 되는데 아무 반응이 없으면 왠지 제 말이 씹힌 것 같고 배반당한 것 같아요. 제가 일부러 시간을 내서 방문해줬으면 걔네들도 나한테 와줘야 하는 거잖아요. 가는 게 있으면 오는 게 있는 건데 애들은 잠잠해요.

제가 블로그에 올린 시들도 많고, 여기저기서 퍼온 웃긴 글도 엄청 많은데요. **왜 아무 댓글도 없을까요?** 점점 애들이 몇 번 들어왔나, 댓글이 있나 없나에 신경 쓰고, 댓글이 많은 날은 기분이 좋지만 없는 날은 기분이 별로예요.

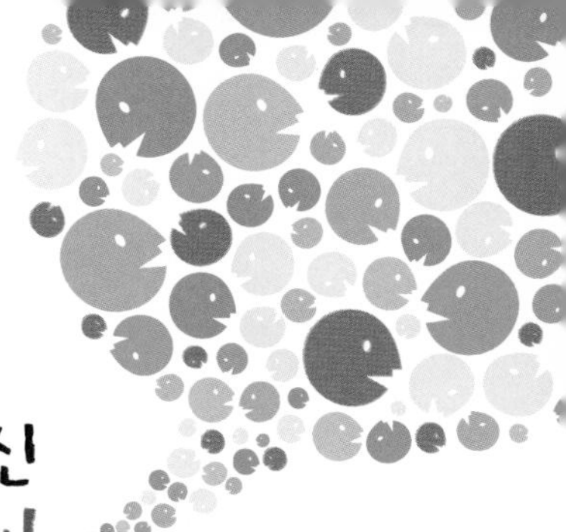

무플 대신 죽음을 달라~!

며칠 전 샘이 한 콘서트에 갔을 때의 일이야. 그때 같이 간 동료 샘이 가수가 등장하자 스마트폰으로 무대를 찍더니 즉석에서 사진을 편집해서 카스 ('카카오스토리'라는 사진 블로그)에 올렸어. 순식간에 그 샘의 친구들이 댓글을 달더구나. "좋은데 갔네? 부럽다", "무대 너무 화려하다" 등의 답글이 달렸지. 그 답글을 함께 보면서 샘은 이런 생각이 들었어. '어른들도 지금 내가 어디서 무얼 하는지 알리고 싶고 누군가와 소통하고 싶은데 아이들은 더 하겠지?'

샘도 가끔 지인들이 어떻게 지내나 궁금할 때 그 사람의 페북(페이스 북)이나 카스를 봐. 요즘엔 굳이 전화로 안부를 묻지 않아도 그 사람의 페북에만 가면 근황과 소식을 알 수 있지. 예전에는 미니홈피

로 그게 가능했는데, 미니홈피에서는 일촌 친구들을 찾아다니고, 사진을 편집하는 데 상대적으로 더 시간이 걸렸던 것 같아. 그런데 지금은 페이스북, 트위터, 미투데이, 카스 같이 여러 종류의 SNS가 있고, 사진이나 글을 남기는 것도 훨씬 간편해서 아무 때고 글이나 사진을 올릴 수 있지. 나를 드러내는 일이 훨씬 쉬워진 셈이야.

어른들도 SNS를 즐기고 사람들과의 관계를 유지하려고 애쓰지만 청소년과 다른 점이 있어. 바로 자기를 이해하고 통합하는 능력이 높기 때문에 사람들의 반응이 없더라도 좌절하거나, 내가 거부당했다고 생각하지 않는 거야. 물론 사람마다 달라서 자신감이 없고 외로움이 크다면, 내 게시물의 조회 수와 댓글에 신경 쓰기도 해.

사이버 공간은 너무도 넓고 광범위해.
그곳에서의 네 몸짓과 외침은,
드넓은 바다의 출렁이는 물결 한 자락일 수도 있어.
잠깐 일어섰다 수면 속으로 사라지는 것.

너희 또래는 어른보다 더욱 조회 수와 댓글에 신경을 쓸 여지가 많아. 아직 머릿속에 상상 속 청중이 자리를 하기 때문이야. 그 청중들에게 나를 선보였는데 박수가 없다면 쪽팔리고, 어떻게 해야 할지 모르는 거지. 다른 사람에게 관심을 받고 싶은데 내 글에 아무 댓글이 없다면 '아무도 내게 반응하지 않는다'란 생각을 하게 되는 거야. 그것은 곧 나의 존재의미와도 직결되지. 내가 올린 글의 조회 수가 많으면 사람들에게 그만큼 인정을 받는 기분이 들어 만족해. 반면 조회 수가 적으면 갑자기 내 글이 부끄럽다는 생각에 어느 날 갑자기 올린 글을 모두 지우게 되기도 하고.

"악플이라도 좋아요. 내가 올린 글에 댓글을 달아주세요. 무플을 주시려거든 죽음을 주세요!" 애절하게 호소하고, 댓글을 받기 위해 사람들의 안목을 끌 만한 눈에 띄는 정보를 찾느라 시간을 낭비하기도 하지. 때로 이런 과정에서 씻을 수 없는 상처를 주고받기도 해. 온라인의 속성 중 하나가 시공간을 초월한다는 점이야. 너희들도 들어보았는지 모르겠어. '개똥녀'라고. 어느 날 20대 여성이 강아지를 데리고 지하철에 탔어. 강아지가 배가 아팠는지 똥을 쌌는데 그 여성이 그것을 치우지 못하고 지하철에서 내렸고, 할머니 할아버지가 치우면서 하루아침에 '개똥녀'로 전 세계에 낙인이 찍히고 말았어. 물론 아무 대비 없이 강아지를 그냥 데리고 탄 것은 그녀의 잘못이지만, 그 잘못으로 그 여성의 신상과 사진이 온 세상에 공개되어 '개똥녀'로 낙인찍히는 것까지는 조금 가혹하지 않았나 싶어.

인터넷 세상은 너무도 넓어서 이 사실이 거의 7~8년이 지난 사건인데도 여전히 사진을 찾을 수가 있고, 저쪽 먼 나라에서도 검색으로 찾아볼 수 있어. 한번 찍힌 낙인은 영구 삭제가 안 된다는 거지.

그 여성도 잘못을 했지만 우리 한 번쯤 이 생각을 해보자. 내가 그 사람이라면 어떨까? 샘이 그녀라면 정말 미칠 것 같을 거야.

우리는 때때로 인터넷과 SNS의 글과 정보가 정확하고 올바른지를 생각할 겨를 없이 사람들의 이목에 따라 움직이기도 해. 이슈가 되고 사람들이 낚일 만한 정보가 있으면 내 SNS에 긁어다가 올려서 방문자 수, 조회 수를 올리려 하지. 내 홈피에 사람들이 더 오게 하기 위해 인기 음악, 동영상도 올리고. 그런 서비스가 나쁜 건 아니지만 그러다 보면 우리는 저작권을 무시하거나, 개인 정보를 누설하게 되거나 잘못된 정보를 전파하게 될 수도 있어. 아무 고민 없이, 무신경하게 그런 행동을 하는 것이 더 문제이지 않을까? 사람과의 관계를 위해 노력하는 것보다 무조건 관심을 받기 위해 무분별하게 행동하는 것. 그 자체가 말이야.

사람들과의 관계를 위해 노력하고, 나를 인정받으려는 마음은 매우 중요해. 그 힘이 나를 더 멋지게 만드는 동기가 되니까. 하지만 누가 내 카스에 많이 들어왔는지를 확인하고 '어떻게 하면 내 SNS에 사람들이 많이 들어오게 할지'를 고민하는 건 일시적인 채움이란다. 어찌 보면 열등감이 많을수록, 내 스스로 초라하다고 여길수록, 다른 사람의 인정과 관심 앞에 맹목적으로 변하게 되니까.

어떤 친구는 친구들의 반응이 어떨까 두려워서 게시 글을 올렸다, 삭제했다 하며 불안해 해. 놀라운 건 그 일에 대해 다른 아이들은 나만큼 이상하다고 생각하지 않는다는 거야. 내 블로그에 글이 몇 개 올라왔는지를 애들은 미처 모를 수도 있거든. 오히려 초조해하다가 어느 날 갑자기 페북을 탈퇴하는 것을 더 이상하게 생각하겠지. 다른 사람과의 관계를 원했고, 주목을 원했다면 좀 더 의젓하게 대처해야 해. 그리고 너는 탈퇴해도 네가 올린 자료는 온라인의 어딘가에 여전히 떠돌고 있어서 진정한 삭제가 아니라는 것도 잊지 않았으면 해.

이제 댓글과 사람들의 반응에 신경 쓰기보다는 SNS를 나를 드러내는 앨범 같은 공간으로 생각해보렴. 출처도 분명하지 않고 떠도는 소문을 옮겨 담는 그런 곳 말고, 정말 믿을 만하고 따뜻하고 공감이 되는 글 말이야. 주제가 있는 나만의 이야기를 만들어 보면 어떨까? 그러려면 나만의 전문성을 찾아서 연구하는 자세도 필요할 거야. 예를 들면 옷을 센스 있게 입는 나만의 노하우, 예쁘게 사진 찍는 법, 포토샵 잘하기, UCC 만들기 기술, 우리 동네 오감거리(먹고, 놀고, 즐길 수 있는) 이런 것도 나만의 독특한 콘텐츠일 수 있겠지.

친구의 카스에 좋은 말을 남기는 것도 중요하지만 이제 온라인이 아닌 오프라인에서 친구에게 다가서보자. 친구의 작은 변화에 관심을 갖고, 어려운 고민을 공감하려고 노력해보자. 그리고 카스나 페북에 매일, 순간순간을 기록해 일일이 보여주지 마렴. 지금 보이는 것의 1/3 정도만 올리면서 나에 대한 궁금증을 갖게 만드는 것도 좋

아. 어쩌면 친구들이 댓글을 달지 않은 이유가 너무 자주 올리는 글에 일일이 답하기 어렵고 바빠서일 수도 있으니까.

조회가 없고, 댓글이 없다고 불안해하는 마음을 잘 다독이렴. '애들이 바쁜가 보다', '나랑 관심사가 다른 거야', '댓글이 없다고 나에게 관심이 없는 것은 아니야'라고 말이야. 때로는 잠깐 내 블로그, SNS에 무심해보자. 더 좋은 작품을 위해 휴식을 취하는 거야. 그래야 나중에 더 멋진 내 콘텐츠를 만들 수 있을 테니까.

A : 샘~ 어제 그 애가 내가 좋다고 했어요.

샘 : 아! 저번에 채팅한다는 그 애 말이구나. 그래서 그렇게 기분이 좋았던 거야?

A : 그럼요. 나 좋다는 애는 여태껏 처음이거든요.

샘 : 누가 날 좋아한다는 건 좋은 소식이지. 그럼 너도 걔가 좋으니?

A : 자꾸 만나는 시간이 기다려지고 궁금해지고 그런 게 좋은 것 같아요.

샘 : 그렇구나. 그동안 외로웠는데 친구를 만나서 좋겠구나.

A : 네… 비밀 얘기도 나누고. 학교에서 있었던 일 맘껏 욕해도 상관없고.

샘 : 네 얘기를 다 들어주는 그 애가 샘도 궁금하네. 어떤 애일까?

A : 몰라요. 그냥 착하다는 거만 알아요.

샘 : 흠… 착하다… 채팅으로만 만나는데 그걸 어떻게 알지.

A : 매일 1시간씩 얘기하면서 말투나 생각이 어떤지 알잖아요.

샘 : 그 애에 대한 믿음이 대단한걸. 앞으로 어떻게 하고 싶니?

A : 글쎄요. 만나자고 할까요?

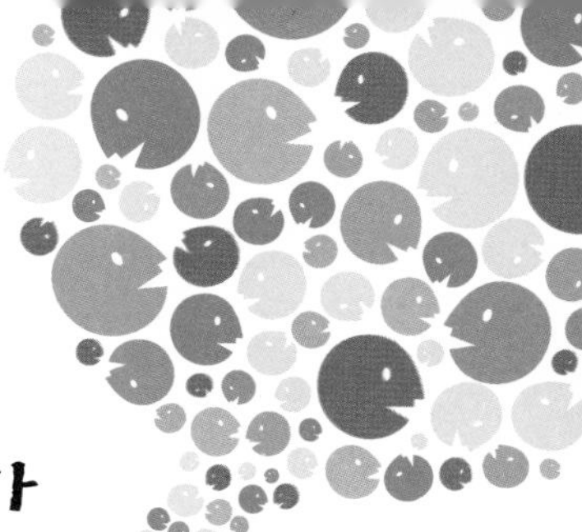

실제 친구보다 가상 친구가 100배 더 좋아요♥

몇 년 전 강남의 아파트 지하주차장에서 초등학교 2학년이 아빠 차를 몰다가 다른 차를 들이받았다는 기사를 본 적이 있어. 카트라이더를 하다가 진짜 할 수 있을 것 같아서 운전했다고 하네. 또 초등학교 6학년 여학생이 온라인 가상세계에서 30대 아저씨와 결혼했다가, 아저씨의 '결혼한 사람끼리는 만나는 거'라는 나쁜 유혹에 실제로 만나 해꼬지를 당한 일도 있었어. 가상세계는 진짜가 아닌데 그 속에 우리 친구들이 마음을 뺏기는 경우가 많은 것 같아 안타까워.

가상세계가 진짜인 부분도 있기는 하지. 아바타들은 가짜지만 그 뒤에 있는 사람들은 진짜니까. 아이템을 사는 돈은 사이버머니지만 사이버머니를 얻기 위해 진짜 돈으로 결제를 해야 되거나 많은 시간

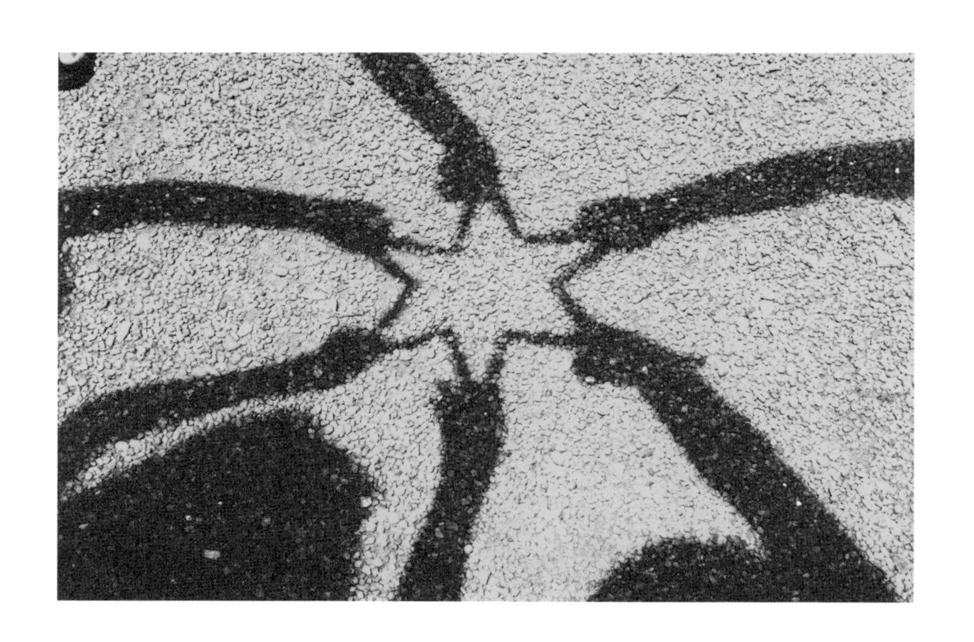

의 노동력을 투자해야만 얻을 수 있으니까. 게임을 하는 친구들 중에는 기본 세 번 이상은 계정이 털려서 속상한 경험이 있다고 해. 몇 개월 동안 부모님께 혼나며 겨우 일군 나의 아이템이나 사이버머니를 하루아침에 누가 털어갔다고 하면 정말 화가 날 거야.

게임 중에도 그런 게임도 있어. 성을 쌓고 곡식을 모으고 집을 지어놓는데, 게임을 하지 않는 밤사이에 다른 사람이 우리 성을 빼앗고 곡식을 빼앗아 가는 게임. 어떤 사람은 그것을 잃을까 걱정되어 잠도 못 잤다고 해.

그래, 맞아. 눈에 보이지 않는 세계라고 무시할 것은 아니야. 그 속에 진짜 돈이 오가고 진짜 사람이 마음 상하니 마냥 가짜 세상이라고만은 할 수 없겠지. 그렇다면 가상세계에서도 예의, 도덕, 배려가 필요하지 않을까? 하지만 더 많은 사람은 가상세계라는 틀을 믿고 아무렇게나 행동하고, 거기에 숨어 있어. 가상세계의 틀에서 키 작은 나는 키가 클 수 있고, 직업이 없는 나는 아주 멋진 직업을 가질 수 있으니까. 이건 반대로 그만큼 진짜 나를 감춘다는 뜻도 돼.

가상세계의 틀과 그 속에 담긴 진짜의 것.
그 경계를 잘 알지 못해서,
네가 감당하기 힘든 결과가 너무도 많이 생기지.
하지만 그 틀과 진짜를 분간하기는 어른들도 쉽지 않아.

너희들도 게임이나 인터넷 채팅룸에서 만날 때 초딩, 중딩, 고딩들이 나이를 속인다는 걸 알고 있을 거야. 말투로 나이를 눈치 챌까 봐 일부러 어른 흉내를 내는 십대들도 많아. 아바타는 날씬하고 키 큰 여대생이지만 실제로는 남자가 많다는 것도. 이렇게 가상세계라는 이유로 마음껏 속이고 가면을 쓰는 사람이 많으니, 가상세계에서 오가는 이야기도 다 믿어서는 안 된다는 것을 알아야 해.

우리나라에서 게임을 제일 많이 하는 대상층 1위가 40~50대 아줌마라는 통계가 있어. 우습지 않아? 40대, 50대라면 너희 엄마 세대인데. 그분들은 이메일도 잘 쓰지 않고, 게임을 어떻게 접속하는지도 몰라서 자녀들을 지도하는 것도 헤매는데 말이야. 눈치 챘겠지만 그건 엄마들의 주민번호를 도용해서 계정을 만든 십대들 때문에 나온 통계라고 해. 그만큼 가상세계의 진실성이 떨어진다고 봐야겠지.

너희가 순수한 마음에 가상세계에서 만난 상대를 진심으로 대한다고 해서, 상대 역시 진실로 대하리라는 보장이 없어. 뼈아픈 사실이지. 하지만 실제로 속이는 경우가 대부분이라서 주의하고 또 경계하기를 당부하게 된단다. 너희는 순수하지만 너희를 둘러싼 환경이 순수하지 않기 때문에 지혜롭게 행동하는 것이 중요해. 예컨대 채팅할 때 상대가 나의 정보를 알 수 있는 아이피주소, 주민등록번호, 전화번호, 주소, 부모님 성명 등을 공개하지 않는 편이 좋아. 어떤 사람은 그런 정보를 이용해 불법으로 내 계정을 해킹하거나 다른 정보를 가져가거든. 상대가 악한 마음을 먹고 동네 근처까지 찾아와 우리를 협박할 수도 있단다. 아찔하지만 실제로 충분히 일어날 수 있는 일들이야. 우리는 진짜가 가려진 가면만 알고 있으니까.

샘도 인터넷 동우회에서 활동했었는데, 동우회의 번개 모임을 해서, 사람들에게 각기 다른 인물처럼 행동한 친구가 있었어. 그 친구는 사람들에게 돈을 빌려서 도망갔는데, 나중에 동우회 사람들 모두 그 사람의 가상세계 이름과 얼굴만 알 뿐이라 잡을 수 없었지.

누군가와 얘기하고 친구가 되고 싶은 마음은 잘 알지만 가상세계의 친구가 진짜 친구가 되기 위해서는 더 많은 시간과 확인이 필요해. 채팅 방에서 대화할 수는 있지만 그 이상 내 마음을 뺏기고, 사적인 정보를 주고받지는 말자. 누군가 친밀함을 내세워 나에게 돈이나 사진, 개인 번호를 요구한다면 거절하는 당당함을 보여야 해.

참, 청소년이 가상세계의 특성을 이용해 사기를 치는 사건도 늘어난다고 해. 다른 사람의 아이템을 해킹으로 갈취하는 것도 나쁘지만, 게임 아이템을 팔겠다고 해놓고 돈만 받고 아이디랑 비밀번호를 바꾸는 것 역시 나쁜 일이야. 이런 식의 행위는 분명 범죄거든. 보이지 않고 만질 수 없는 아이템이라 해도 누군가의 소유물이고 진짜 돈과 노력이 들어가 있어. 사이버 상에도 예의와 법과 도덕성이 있다는 걸 기억하고 그걸 꼭 실천하길 부탁할게.

저는 임요한처럼 유명한 프로게이머가 되고 싶어요.

그래서 게임을 매일 연습해야 하는데 우리 부모님이 제가 게임 중독자라면서 혼만 내시고 미치겠습니다. 게임 중독이 아니라고 열심히 말씀드려도 이해를 못하세요.

저는 카스(카운트 스트라이크)를 엄청 잘하거든요. 그 대회가 이번 주말에 있어서 나가야 하는데 부모님을 또 속이고 나가는 게 싫습니다. 지난번은 서울 지역에서 3등을 했는데, 좀 컨디션이 안 좋았어요. 이번에는 시도 연합 대회이고, 좀만 하면 잘할 수 있는데. 그래도 실력 좋은 애들 많이 나오거든요. 그래서 연습을 엄청 해야 하는데 용돈도 금지 당해서 PC방도 못 가요. 집 컴퓨터는 너무 느리고 완전 짜증납니다.

프로게이머가 될래요!!

게임을 하다 보니 성적이 떨어지고 그래서 미래에 내가 할 수 있는 일이 없다고 생각해서일까? 아니면 부모님이 게임하는 걸 이해해주고 정당하게 허락받고 싶은 마음에서일까? 아니면 진짜 게임이 좋아서인지는 잘 모르겠지만 나중에 프로게이머가 되겠다는 친구들이 꽤 많이 있어. 게임 시나리오 작가, 게임 개발자, 프로그래머 등의 직업도 인기가 많지.

이 분야에 소질이 있다면 미래 직업으로 꿈꾸지 못할 이유는 없어. 그런데 혹시 내가 딱히 잘하는 것이 없고 공부하기는 싫고 게임은 못 끊겠는 것이 이유라면? 그런 이유라면 샘은 말리고 싶어. 직업을 그런 충동적인 마음으로 택해서는 금세 후회하게 되거든. 또 내가 택하려는 직업이 나와 적성이 맞는지, 그 꿈을 이루기 위해 무엇을 준비해야 하는지 구체적으로 알아봐야만 해. 자격증과 학과 등에 대한 것도 알아야 하고.

직업을 찾을 때 일시적인 감정으로 결정하면 안 돼. 어떤 환경에서 일하고, 어떤 자질과 능력이 요구되고 급여는 얼마 정도인지, 전망은 어떤지까지 파악해서 정해야 해. 그것들이 내 성격과 능력, 직업 준비과정(학과, 자격증, 기간), 나의 직업 가치관(앉아서 하는 일을 좋아하기도 하고, 여행하고 자유로운 것을 선호할 수도 있고)과 잘 맞아야만 만족스럽게 일할 수 있거든.

그럼 프로게이머에 대해서 알아볼게. 프로게이머는 프로 선수라는 화려함, 사람들의 환호, 프로구단의 후원, 원하는 게임을 마음껏 할 수 있다는 장점이 있어. 하지만 이런 장점만 있는 것은 아니야. 우선 급여가 안정적이지 않아. 프로게이머는 프로 운동선수나 연예인처럼 수많은 게이머 중 단 몇 명만이 억대의 연봉을 받을 뿐이야. 그 외 많은 사람들은 적은 급여를 받고, 생활고에 시달리기도 해. 랭킹인 높은 몇 명은 금전적으로 안정적이겠지만, 나머지 사람들은 아주 작은 월급만을 받으며 죽어라 게임 연습을 해야 해. 승률을 신경 써야 하고 전략을 짜면서 몹시 긴장하게 되어 스트레스를 많이 받지. 게다가 선수로서의 수명이 짧은 것도 단점이야. 새로운 게임은 계속 나오고, 선수들은 하나의 게임에서 프로가 되기 위해 노력한 시간만큼 나이가 들기 때문에 점차 치고 올라오는 젊은 게이머들을 따라 잡기 힘들어. 연습하느라 밤과 낮이 바뀔 수도 있겠지.

어때? 프로게이머란 직업의 장단점이 너와 잘 맞는 것 같니? 이 직업을 결정하기 전에 나에게 이 모든 과정을 견뎌낼 순발력, 판단력, 지구력, 기획력 등이 있는지 냉정히 살펴봐야 해. 승부에서 패할 때에도 스스로 다잡고 다음 경기에 집중할 자신이 있는지. 적은 월급으로 인정받지 못하는 세월이 길더라도 버텨낼 수 있을지. 코치의 지시에 따라 많은 시간을 맹훈련 할 수 있을지를 말이야.

무엇보다 지금 내가 하는 게임은 즐기면서 하는 취미지만 프로게이머는 게임을 재미가 아닌 일로 해야 해. 그때도 과연 게임을 지금처럼 즐길 수 있을지도 고민해봐야 해. 취미와 일은 엄연히 다르니까. 만약 그럼에도 프로게이머가 되고자 한다면 부모님께 공손하고 논리적으로 설득해야겠지. 부모님의 지지가 없다면 내가 이 직업을 계속하지 못할 가능성도 크기 때문이야.

혹 게임 개발자가 되고 싶다면 이걸 알아두어야 해. 게임은 수없이 많은 프로그램이 엮어져서 하나의 게임이 되는 거야. 게임을 개발하는 프로그래머들의 책상에는 두 가지 책이 기본적으로 꽂혀 있대. 바로 영어 책과 수학 책이야. 영어와 수학을 공부하는 게 지겨워서 책들을 접었다면, 다시 챙겨들어야 할 거야. 왜냐하면 게임을 개발하는 데 영어와 수학 능력은 반드시 필요하거든.

ONE
WAY

한 개발자는 막연히 게임이 좋아서 개발자가 되었는데, 업무를 하면서 다시 영어와 수학책을 보게 되어 난감하다고 이야기하더라. 그도 그럴 것이 프로그램 책들은 대부분 영어로 되어 있어. 인터넷에서 최신 정보나 기술을 찾으려 해도 영어가 가능해야 하고, 수학은 미분과 적분, 함수, 방정식 등을 사용해야 해. 우리가 게임에서 보는 화려한 그래픽이 단지 디자인적 기술로만 이뤄지는 게 아니거든. 물결이 바람에 흔들리며 자연스럽게 요동치는 것, 물방울이 똑하고 떨어질 때 파동이 일어나는 것, 여기서 찬 공이 저쪽 끝에 떨어질 때 그 장면이 세계 모든 곳에서 보았을 때도 시간차가 없이 시야에서 사라지지 않고 진짜 같이 떨어지게 하려면 수학적 기술이 반드시 필요해. 그런 장면을 수학적 계산을 통해 프로그램으로 만들어 넣어야 하거든. 때로는 미분과 적분, 확률과 함수까지 고려해야만 그런 그림을 만들어 낼 수 있대. 이렇게 게임을 개발하는 데도 공부는 피할 수 없어. 그렇다고 영어와 수학이 지겨워 싫다는 핑계 따위는 절대 댈 수 없지. 직업의 세계는 학교와는 달라서, 실력에 더 냉정한 잣대를 들이대거든.

그 밖에 게임기획자, 게임 시나리오작가 등도 마찬가지야. 많은 공부와 탄탄한 실력, 자기관리가 필요하지. 유명 게임업체에서는 대학졸업자를 채용하는 경우가 더 많은데 그만큼 대학교 학업 성적도 중요한 기준이 된다는 뜻이겠지. 막연히 '게임이 좋아서'란 이유만으로는 게임업계에 들어가기도, 제대로 실력을 발휘하기도 힘들어. 그에 따른 적절한 노력과 투자가 필요하지.

샘이 너희를 좌절시키려고 이런 말을 하는 게 아니야. 직업을 얻기 위해서는 필요한 준비과정을 거쳐서 자질을 갖춰야 한다는 걸 알려주고 싶을 뿐이야. 열정만 가지고 맨땅에 헤딩한다고 나에게 직업문이 그냥 열리지 않잖아. 그러므로 내가 그 일을 하고 싶으면 게임만 하고 자주 PC방에 앉아 있기보다는 준비하는 자세를 취해야 해. 공부를 반드시 잘해야 할 필요는 없어. 하지만 내가 원하는 직업을 위해서는 필요한 학업 능력과 자격증 등은 준비하는 것이 좋아. 때문에 기본적으로 공부해야 할 것을 놓치지 말고 조금씩 가꿔가는 노력이 필요하지 않을까?

우리나라 직업 사전에 2만개 이상의 직업이 올라가 있어. 그 직업 속에서 내가 정말 하고 싶은 일은 무엇인지, 어떤 일에 흥미가 있는지를 찾아보자. 혹시 지금 하고 싶은 일이 딱히 없니? 그건 어쩌면 지금의 내 모습이 초라하고 잘할 수 있는 일이 없을 것 같아서 일찍부터 마음을 접은 것일 수도 있어. 하지만 지금의 내 모습은 최종 모습이 아니야. 앞으로 내가 어떻게 바뀌고 성장할지는 아무도 몰라.

직업을 찾을 때 나의 성적과 능력으로만 찾지 말고 나의 성격, 흥미 등을 고려해야 한다는 걸 잊지 마. 또 직업은 한 번에 결정되지 않고 바뀔 수 있어. 당연한 거야. 내 생각이 자라고, 내가 잘하는 능력도 달라질 수 있는데 그에 따라 바뀌는 게 당연하잖아. 내가 무엇을 잘하는지, 무엇에 흥미가 있는지를 꾸준히 탐색하면서 내 꿈과 생각이 어디로 흘러갈지 흥미롭게 지켜보자. 조급해하지 말고. 아무 노력도 하기 싫은데, 단지 좋다는 이유만으로 프로게이머가 되겠다고 하는 건 곤란하다구.

청소*년에게 유용한 진로 사이트에 가보자!(careernet.re.kr)

· 직업사전, 학과사전, 자격사전, 직업인터뷰, 현장 동영상 등 많은 자료가 수록되어 있어.
· 적성검사, 직업흥미도, 직업성숙도 등의 심리검사를 무료로 실시할 수 있지.
· 자신의 진로가 어떻게 바뀌는지, 무슨 꿈을 꾸었는지 기록을 정리할 수 있어.
· 사이버 상담으로 구체적인 진로 고민에 대해서 도움을 받을 수도 있단다.